FR Andrews, Virginia C.
ROM Cat /
ANDRE

WEST NIPISSING PUBLIC LIBRARY
WNP02546

Virginia C. Andrews™

Les Fleurs sauvages

****

Cat

ÉDITIONS FRANCE LOISIRS

Titre original : *Cat*
Traduit de l'américain par Frédérique Le Boucher

Édition du Club France Loisirs,
avec l'autorisation des Éditions J'ai lu.

Éditions France Loisirs,
123, boulevard de Grenelle, Paris.
www.franceloisirs.com

Le Code de la propriété intellectuelle n'autorisant, aux termes des paragraphes 2 et 3 de l'article L. 122-5, d'une part, que les « copies ou reproductions strictement réservées à l'usage privé du copiste et non destinées à une utilisation collective » et, d'autre part, sous réserve du nom de l'auteur et de la source, que les « analyses et les courtes citations justifiées par le caractère critique, polémique, pédagogique, scientifique ou d'information », toute représentation ou reproduction intégrale ou partielle, faite sans le consentement de l'auteur ou de ses ayants droit ou ayants cause, est illicite (article L. 122-4). Cette représentation ou reproduction, par quelque procédé que ce soit, constituerait donc une contrefaçon sanctionnée par les articles L. 335-2 et suivants du Code de la propriété intellectuelle.

© 1999 by The Virginia C. Andrews Trust and The Vanda Partnership.
© Éditions J'ai lu, 2003, pour la traduction française.

ISBN : 2-7441-6764-9

Les Fleurs sauvages

****

Cat

Prologue

Je me suis réveillée en sursaut, transie. Je n'avais pas ouvert les yeux que j'étais déjà parcourue de frissons. Je me suis recroquevillée dans mon lit, remontant mes genoux contre ma poitrine, et j'ai enfoui mon visage dans l'édredon. J'ai même mordu dedans jusqu'à avoir ce goût âcre dans la bouche. Quelle que soit la température dans ma chambre, il me fallait une couverture. Il fallait que je m'en enveloppe étroitement pour me sentir en sécurité. Sinon, je ne pouvais pas m'endormir. Il m'arrivait parfois de la repousser dans mon sommeil, mais, au matin, elle s'était de nouveau enroulée autour de moi, comme la toile de quelque invisible araignée géante piégeant sa proie. Je pouvais même sentir son long fil gluant sur mes bras, mes jambes. J'avais beau me débattre, je ne parvenais pas à m'en défaire. J'étais prisonnière.

Épuisée, je restais là, allongée, immobile, attendant, impuissante, que l'énorme araignée se rapproche, se rapproche, jusqu'à ce qu'elle fût au-dessus de moi. Je levais alors les yeux vers elle, épouvantée, et découvrais... le visage de mon père.

1

Mon père partait toujours très tôt pour se rendre à son travail. C'était donc à ma mère qu'il revenait de m'éveiller pour aller à l'école. En général, elle se contentait de faire du bruit dans le couloir. Plus rarement, elle frappait à ma porte. Mais elle ne l'ouvrait pour ainsi dire jamais. Je pourrais probablement compter sur les doigts de la main les fois où ma mère est entrée dans ma chambre en ma présence, surtout au cours de ces cinq dernières années.

Comme les femmes de ménage, dans les hôtels, qui attendent le départ des occupants pour faire leur chambre, elle préférait attendre que je sois partie en cours pour nettoyer et ranger la mienne à sa façon. Je n'étais jamais assez ordonnée à son goût. Quand j'étais petite, si j'avais le malheur de laisser traîner un sous-vêtement sur une chaise ou sur la commode, elle se mettait à hurler, vociférant, grimaçant, gesticulant, comme une véritable harpie ou, plutôt, aux yeux de la fillette que j'étais alors, comme la méchante sorcière du *Magicien d'Oz*.

« Tes affaires ne concernent que toi. Elles ne sont pas faites pour être vues par les autres », grommelait-elle d'un air renfrogné, puis elle me prenait par les épaules et me secouait comme un prunier. « C'est compris, Cathy ? C'est compris ? »

Je m'empressais de hocher la tête. Mais, quels autres ? Ça, j'aurais bien voulu le savoir ! Mère n'appréciait aucun des amis de mon père, pas plus que ses associés, et elle n'entretenait, elle-même, aucune relation, privilégiée ou non, avec quiconque. Elle tenait à sa solitude. Personne ne venait dîner à la maison, sauf événement exceptionnel, et, de toute façon, personne n'allait à l'étage, ni, *a fortiori*, dans ma chambre. Et, même si quelqu'un était monté, il n'aurait rien vu, pour la bonne raison que Mère me chapitrait constamment pour que je ferme ma porte, ne serait-ce que le temps de descendre chercher un verre d'eau à la cuisine. Elle m'avait inculqué cela dès que j'avais été en âge d'atteindre la clenche.

Ce qui n'empêche qu'aujourd'hui encore elle devient folle de rage si je laisse mon savon ou mes lotions sur le bord du lavabo, au lieu de les ranger dans le placard. Un jour que j'avais laissé un slip sur la chaise de mon bureau, je l'ai retrouvé en petits morceaux éparpillés sur mon oreiller. C'était sa façon à elle de me faire comprendre la leçon.

Elle se montrait particulièrement bruyante, aujourd'hui. Le seau n'aurait pu claquer plus fort si elle l'avait jeté sur le sol dans un mouvement d'humeur. Elle était en avance sur l'horaire, aussi : elle commençait « son » ménage plus tôt que d'habitude. Le balai-brosse heurta le bas de ma porte, parcourut le couloir et revint heurter ma porte une deuxième fois. J'ai regardé la petite pendule dorée qui ornait ma table de chevet sous sa cloche de cristal de Bohême. C'était ma grand-mère maternelle qui me l'avait offerte, pour un anniversaire, quelques semaines seulement avant de mourir d'un cancer du poumon — c'était une fumeuse invétérée. Bien que de douze ans son aîné, mon grand-père était mort après elle, deux ans plus tard, d'une crise cardiaque. Tout comme moi, ma mère était fille unique. J'ai découvert, récemment, que je n'aurais pas dû l'être. Mais c'est encore une autre histoire, plus horrible que la mienne, même, peut-être. Quoi qu'il en soit, une chose est certaine : nous n'avions rien d'une famille nombreuse. À *Thanksgiving*, la dinde prenait, chez nous, des allures de gros poulet — Mère n'aimait pas les restes. Papa disait toujours qu'on aurait pu nourrir un pensionnat avec ce qu'elle jetait. Mais il ne le disait jamais assez fort pour qu'elle l'entende.

Une des raisons qui expliquaient la taille réduite de nos dindes et le caractère purement symbolique de nos fêtes de Noël, c'était qu'aucun des parents de mon père ne voulait avoir la moindre relation avec lui — pas plus qu'avec l'une d'entre nous, d'ailleurs. Sa sœur, Agatha, et son frère cadet, Nigel, n'étaient jamais venus nous voir, ni l'un ni l'autre. Mon père m'avait dit que tous les membres de sa famille se détestaient cordialement et qu'il valait mieux, pour tout le monde, qu'ils s'évitent mutuellement. Il me faudrait des années avant de découvrir pourquoi. J'avais parfois l'impression d'exhumer, une à une, les pièces d'un immense puzzle, assemblant, au fur et à mesure, ces éléments disparates dans l'espoir de trouver, un jour, peut-être, un sens à ce chaos qu'était devenue mon existence.

Ma mère heurta ma porte avec son balai pour la troisième fois : il était temps de me lever. Mais je rechignais. Aujourd'hui, c'était mon tour. Les trois autres filles que le Dr Marlowe avait réunies pour former ce « groupe de parole » auquel je participais avaient déjà toutes raconté leur histoire. Elles voulaient, maintenant, entendre la mienne. Je savais bien qu'elles se méfiaient, qu'elles pensaient que je ne viendrais pas ; ce qui, à leurs yeux, aurait été une véritable trahison. Elles s'étaient toutes montrées d'une absolue sincérité, et elles l'avaient payé cher : de leurs larmes, jusqu'à la douleur. Elles m'avaient confié leurs plus intimes secrets, et je les avais écoutées. Je savais qu'elles estimaient — à juste titre — être en droit de connaître les miens. Mais, pour l'heure, je n'étais pas sûre de pouvoir trouver en moi assez de courage pour les leur dévoiler.

Mère n'y tenait pas tellement. Des médecins, d'autres psychologues aussi, lui avaient pourtant dit qu'il fallait que je fasse une thérapie, que c'était très important pour moi. Mais Mère n'accordait aucune confiance au corps médical, dans son ensemble, et moins encore aux psychiatres et assimilés. Elle avait quarante-six ans et, d'après ce que j'avais cru comprendre, elle n'avait pas vu un seul médecin en plus de trente ans. Elle n'avait pas eu besoin d'en voir un pour ma naissance, en tout cas, pour la bonne raison qu'elle m'avait adoptée. Je ne l'avais appris que quand... que très récemment. Mais, à la réflexion, cela n'avait rien de vraiment surprenant. C'était même la seule chose qui aurait pu paraître logique, ou presque, dans toute cette histoire.

Mes frissons s'étant enfin calmés, je me suis lentement redressée pour m'asseoir. Comme j'avais une coiffeuse en bois de rose avec un grand miroir ovale presque en face de mon lit, la première chose que je voyais, en me levant, c'était moi. J'étais toujours étonnée de constater, dès le réveil, que je n'avais pas changé durant la nuit, que mon visage était intact — trop rond, trop plein, avec cette espèce de mollesse enfantine : trop « poupin », comme disait Jade ; mes yeux noisette, toujours aussi fuyants, et mes cheveux, du même brun terne affligeant. Dans mes rêves, je m'étais liquéfiée, ma graisse avait fondu, dégoulinant de mes os pour imprégner le sol, et il ne restait plus que mon squelette. C'était censé exprimer mon désir de disparition complète, ou d'inexistence, pour être plus juste — du moins, d'après ce qu'avait suggéré le Dr Marlowe, lors de mes précédentes séances de thérapie.

Je dormais toujours revêtue d'une épaisse chemise de nuit de coton blanc, même l'été. Mère ne m'aurait pas autorisée à porter quoi que ce fût de plus léger et certainement rien de vaporeux. Papa avait bien essayé de m'acheter des chemises de nuit plus féminines. Il m'en avait même offerte une pour mon anniversaire. Mais ma mère l'avait accidentellement abîmée dans la machine à laver. J'en aurais pleuré.

« Pourquoi une femme — à plus forte raison une jeune fille ou une femme célibataire — devrait-elle être séduisante pour aller se coucher ? disait-elle. Ce n'est pas un événement mondain, que je sache. À quoi bon porter quelque chose de joli pour dormir ? C'est sans intérêt. C'est l'aspect pratique et non esthétique qu'il faut regarder. La facilité d'entretien et le confort, c'est tout ce qui compte. Se ruiner en fanfreluches ridicules pour aller dormir, c'est vraiment jeter l'argent par les fenêtres !

« Et puis, ça encourage le narcissisme. C'est mauvais pour le sommeil, renchérissait-elle. Tu ne devrais pas te regarder avant de te coucher. Ça donne de vilaines pensées. »

Quand mon père l'entendait dire des choses pareilles, il secouait la tête en riant. Mais un seul regard d'elle suffisait à le renvoyer à ses livres et à ses journaux — lectures qu'elle désapprouvait, d'ailleurs, pour la plupart.

Quand j'étais petite, j'avais l'habitude de m'asseoir auprès d'elle quand elle feuilletait les magazines. Armée d'un marqueur noir, elle caviardait, avec force hochements de tête consternés, les publicités qu'elle jugeait trop suggestives ou trop sexy. Mère était un censeur intransigeant qui surveillait les programmes de télévision et de radio et expurgeait scrupuleusement tout écrit pénétrant dans la maison, y compris mes livres de classe. Un jour, elle avait même découpé une illustration dans mon livre de sciences naturelles, sous prétexte qu'elle était choquante. Il lui arrivait fréquemment d'appeler l'école et d'avoir des conversations houleuses avec mes professeurs. Elle envoyait même des lettres au directeur ; ce qui m'avait toujours terriblement embarrassée. Mais je n'avais jamais osé le lui dire.

Bâillant et m'étirant comme un chat, je reprenais en quelque sorte possession de mon corps, ou je me glissais plutôt dans l'informe enveloppe graisseuse qui m'en tenait lieu. Je finis tout de même par enfiler mes pantoufles de cuir fourrées et j'allai dans ma salle de bains prendre une douche. J'étais plus lente que d'habitude, j'en avais parfaitement conscience. Une partie de moi ne voulait pas quitter le refuge de ma chambre. C'était l'une des raisons qui m'avaient amenée chez le

Dr Marlowe : mon désir de m'effacer, de me couper du monde et de me renfermer plus encore que je ne le faisais déjà avant... avant que tout cela ne soit arrivé ou, plus exactement, avant que cela ne soit révélé au grand jour. Quand vous pouvez encore vous mentir à vous-même, vous pouvez toujours vous cacher derrière un masque pour sortir et affronter les autres. Vous ne vous sentez pas aussi nue, aussi vulnérable.

Je ne savais pas trop ce que j'allais mettre. Comme c'était à mon tour d'être le point de mire, je me disais que je devrais faire un effort vestimentaire — quoique Misty ne se fût certes pas mise en frais pour son jour J, ni pour les suivants, d'ailleurs. N'empêche, je pensais que je me sentirais peut-être un petit mieux dans ma peau si je m'habillais convenablement. Malheureusement, la robe que je préférais était devenue trop étroite de carrure et me comprimait la poitrine. La seule raison qui lui avait évité d'être réduite en charpie pour faire des chiffons, c'était que ma mère ne m'avait pas vue dedans depuis un bon moment. Je pris, à la place, une robe de coton brun foncé : la plus neuve de ma garde-robe. Avec sa coupe Empire, c'était celle qui m'allait le mieux — quand bien même ma mère l'avait délibérément prise une taille au-dessus. Je me dis parfois que, si elle pouvait faire trois trous dans un sac à patates et m'en affubler, elle serait ravie. Je sais pourquoi et je ne peux rien y faire, sauf subir une opération chirurgicale qui me raboterait les seins, constante source d'embarras pour elle.

« Fais bien attention de marcher sur les feuilles, me lança-t-elle, comme j'ouvrais la porte de ma chambre pour descendre prendre mon petit déjeuner. Le sol est encore mouillé. »

Un chemin fait de pages de vieux journaux conduisait jusqu'en haut de l'escalier où elle se tenait en faction, le seau dans une main, le balai dans l'autre, comme un chevalier portant sa lance et son écu. Elle pivota mécaniquement, pour me précéder, dodelinant de la tête à chaque marche.

Une forte odeur de désinfectant montant du sol assaillit mes narines, me coupant radicalement le peu d'appétit que j'avais réussi à conserver. Je retins ma respiration et lui emboîtai le pas. Dans la cuisine, mon bol à céréales, mon verre de jus d'orange et ma soucoupe avec ma tranche de pain complet, tartinée de confiture maison, m'attendaient. Mère sortit le pichet de lait du réfrigérateur pour le poser sur la table, puis m'examina de pied en cap avec ses grands yeux clairs au regard si noir, parfois. J'étais sûre que je devais avoir les traits tirés et que j'étais d'une pâleur cadavérique. J'aurais bien voulu m'efforcer de cacher cette mine épouvantable sous un léger maquillage — surtout après avoir vu combien les autres filles du groupe étaient jolies —, mais je savais que Mère m'obligerait à enlever le peu que j'aurais osé mettre. Elle était contre l'usage des fards, de manière générale, mais le tolérait encore moins dans la journée.

Elle ne fit aucun commentaire ; ce qui signifiait qu'elle n'avait rien trouvé à redire. Chez moi, le silence tenait lieu d'approbation. Et il y avait des moments où c'était préférable, croyez-moi.

Je me suis assise à ma place et j'ai pris la boîte de céréales pour en verser dans mon bol. J'ai ajouté quelques myrtilles et un peu de lait. C'est curieux comme le fait de se sentir constamment observée vous donne une conscience aiguë du moindre de vos gestes. Elle m'a regardée boire mon jus d'orange et plonger ma cuillère dans mon bol pour en mélanger le contenu. Je la sentais penchée au-dessus de moi comme un rapace planant au-dessus de sa proie. Ses yeux se sont, tout à coup, posés sur la chaise qu'occupait habituellement mon père. Ils lançaient des éclairs, comme si papa était encore là. Le matin, il lisait ses pages économiques, marmonnait quelque chose dans sa barbe, buvait son café et s'en allait en pliant son quotidien sous son bras — c'était, du moins, ce que j'avais pu constater pendant les vacances scolaires car, le reste du temps, il partait toujours avant moi. Il m'arrivait, parfois, de lever la tête et de le surprendre en train de me dévisager, un petit sourire aux lèvres. Il jetait alors un coup d'œil nerveux vers ma mère et s'empressait de se replonger dans la lecture de son journal, comme quelque écolier surpris en train de copier sur son voisin.

– Alors, c'est ton tour, aujourd'hui ? me demanda Mère.

Comme si elle ne le savait pas.
- Oui.
- Qu'est-ce que tu vas leur dire ?
- Je ne sais pas.

Je mangeais comme un automate. J'avais l'impression que mes céréales me restaient coincées dans la gorge.

- Tu vas encore m'accuser.

Ce n'était pas la première fois qu'elle disait cela. Elle le disait même souvent.

- Non, sûrement pas.
- C'est ce que ce docteur voudrait que tu fasses : que tu rejettes la faute sur moi. C'est pratique. Ça leur facilite le travail quand ils trouvent un bouc émissaire.
- Elle ne fait pas ça.
- Je ne vois pas l'intérêt d'aller raconter sa vie privée à des étrangers. Je ne vois vraiment pas l'intérêt, répéta-t-elle, en secouant la tête.
- Le Dr Marlowe pense que ça fait du bien de parler de ses problèmes et de partager ses peines.

Mère n'aimait pas le Dr Marlowe. Mais je savais aussi qu'elle n'aurait aimé aucun autre psychiatre. Mère avait repris à son compte l'adage qui voulait que le linge sale se lave en famille et non en public.

Pour Mère, le public commençait sur le pas de sa porte. Elle avait, elle-même, dû rencontrer le Dr Marlowe pour un entretien — cela faisait partie de ma thérapie —, et elle en avait haï chaque minute. Elle s'était plainte des questions indiscrètes et même de la façon dont le Dr Marlowe la regardait, regard qu'elle avait trouvé extrêmement critique. Le Dr Marlowe était passée maître dans l'art de se composer un visage aussi impassible et inexpressif qu'une feuille blanche. Je savais donc que ce que Mère y avait vu, elle ne pouvait que l'y avoir mis elle-même.

Le Dr Marlowe m'avait dit que c'était tout à fait normal que ma mère se fasse elle-même des reproches ou pense que les autres lui en faisaient. Moi la première, d'ailleurs. Mais je ne l'avais jamais dit à personne et je me demandais si j'oserais le dire un jour.

– N'oublie pas : les gens adorent les racontars, poursuivait Mère. Alors, inutile de leur donner de quoi cancaner. Tu m'entends, Cathy ? Réfléchis bien avant de parler. Quand un mot est dit, il est trop tard pour le reprendre. Il faut que tu voies tes pensées comme des petits oiseaux rares et précieux enfermés là-haut, dit-elle, en pointant l'index sur son front. Dans le meilleur et le plus sûr endroit qui soit : ta propre tête. Si elle essaie de te faire dire quelque chose dont tu ne veux pas parler, tu n'as qu'à m'appeler. Je viendrai te chercher. Tu m'entends ?

Elle s'interrompit et, tel un échassier, tendit le cou pour vérifier qu'elle avait toute mon attention. Elle me dévisageait sans bouger, hiératique. Ses mains, plaquées sur ses hanches, faisaient ressortir les os qui saillaient sous sa blouse comme les anses d'une marmite. Elle avait toujours été mince, mais toute cette histoire l'avait rendue malade, elle aussi, et elle avait beaucoup maigri ; tant et si bien que ses joues, devenues flasques, tombaient comme des gants de toilette mouillés sur ses mâchoires.

– Oui, Mère, répondis-je obligeamment, les yeux rivés à mon bol.

Quand elle m'examinait comme cela, j'avais du mal à soutenir son regard. Je savais qu'il pouvait traverser les murailles derrière lesquelles se barricadaient mes pensées les plus secrètes. Dans son visage amaigri, ses orbites s'étaient creusées, le rendant plus pénétrant encore, capable de capter la plus furtive hésitation, démasquant infailliblement le mensonge.

Et pourtant, pensais-je, *pour papa, elle n'a rien vu. Pourquoi ?*

– Bien, fit-elle, en hochant la tête. Bien.

Elle pinça les lèvres et respira profondément, ouvrant largement les narines. Tout était menu chez elle. Je me souviens même avoir entendu mon père dire d'elle que « à ce niveau-là, ce n'était plus une femme, c'était un moineau ». Elle n'avait cependant rien du petit oiseau tombé du nid : rien en elle, même maintenant, même dans cet état d'esprit sombre et morbide qui était devenu le sien, même dans son comportement, qui laissait pourtant aisément deviner à quel point le choc l'avait perturbée, rien ne trahissait la moindre fragilité. Nos problèmes familiaux l'avaient rendue plus forte, au contraire, et aussi dure qu'un vieux grain de raisin sec tout racorni. Elle ne faisait pas vieille, pourtant. À peine si elle avait une ride. Elle s'en targuait, d'ailleurs, ne ratant jamais une occasion de vanter les mérites d'une vie bien rangée, pour me prouver que je ne devais pas me laisser influencer par les autres filles de l'école ou par tout ce que l'on disait à la télévision ou dans les magazines.

Je riais toute seule en pensant à la mère de Misty qui courait les cabinets de chirurgie plastique, les salons d'esthétique, les salles de gymnastique et épluchait la presse féminine, en quête de quelque recette miracle susceptible de lui rendre sa beauté ou, du moins, l'apparence de la jeunesse. Mère ne mettait jamais rien sur sa peau. Elle n'utilisait que du savon et de l'eau. Elle ne fumait jamais — à plus forte raison après ce qui était arrivé à sa mère. Elle ne buvait jamais ni bière, ni vin, ni whisky et ne s'exposait jamais au soleil.

Mon père fumait et buvait, mais jamais à la maison. Ce qui n'empêchait pas ma mère de faire toute une histoire à cause de l'odeur de tabac qui imprégnait ses vêtements. Elle n'aurait jamais laissé quoi que ce fût qu'il ait porté entrer dans l'armoire avant de l'avoir préalablement aéré sur la corde à linge, dans le jardin. « Sinon, disait-elle, ça contaminerait ses autres vêtements. » « Et puis, peut-être que l'odeur de la fumée est aussi dangereuse pour la santé que la fumée elle-même, allez savoir », extrapolait-elle.

Pendant que je mangeais, Mère lavait la vaisselle de son propre petit déjeuner. À peine l'avais-je reposé qu'elle se jetait sur mon verre de jus d'orange vide, refermant sur lui ses longs doigts osseux, comme s'il risquait de quitter subrepticement la table pour aller se cacher dans un coin sombre.

– Monte te laver les dents, pendant que je finis de ranger ici, m'ordonna-t-elle. Et puis nous nous mettrons en route. Quelque chose me dit que je ne devrais pas t'emmener là-bas aujourd'hui, mais nous verrons, ajouta-t-elle. Nous verrons.

Elle fit couler l'eau jusqu'à ce qu'elle fût presque trop chaude pour mettre la main sous le robinet et rinça mon bol. J'avais parfois l'impression d'avoir la lèpre, d'être une inépuisable source de microbes. Si elle avait pu faire bouillir tout ce que mon père ou moi avions touché, je suis sûre qu'elle l'aurait fait.

Je montai dans ma salle de bains, me lavai les dents, me brossai les cheveux, puis je restai là, debout, à me regarder dans le miroir en pied. En dépit des preuves que m'en avait données chacune des filles, en parlant d'elle-même devant moi et les autres, je me demandais comment on pouvait raconter sa vie avec une telle spontanéité, une telle générosité aussi ou, plus exactement, je me demandais comment je pourrais, moi, leur raconter ma vie avec la même sincérité. Jusqu'alors, seuls le Dr Marlowe, le juge et le représentant de l'Action pour la Protection de l'Enfance savaient ce qui m'était arrivé.

Le tremblement me prit aux mollets, remonta le long de mes jambes, gagna mon ventre, en retourna le contenu, puis atteignit mon cœur qui se mit à battre la chamade.

– Si tu veux y aller, c'est maintenant, me cria ma mère, depuis le rez-de-chaussée. C'est que je n'ai pas que ça à faire, aujourd'hui, moi.

Mon estomac se rebella et je dus m'agenouiller précipitamment devant la cuvette des toilettes, m'efforçant à la discrétion pour ne pas qu'elle m'entende. Je me passai rapidement de l'eau sur le visage et me sentis un peu mieux — assez, du moins, pour redescendre.

Mère avait enfilé son trois-quarts de tweed gris sur sa blouse de coton beige et m'attendait devant la porte. Elle portait ses chaussures noires à gros talons carrés sur des mi-bas en épais Nylon opaque marron qui lui arrivaient presque aux genoux. Elle décida alors de se coiffer d'un foulard et noua un carré de rayonne parme sous son menton. On ne voyait plus de ses cheveux — de la même couleur que ces vieilles pièces d'argent terni — que son catogan, bien serré avec un large élastique de caoutchouc.

En dépit de son apparence stricte et sévère, ma mère attirait l'attention à cause de ses yeux — des yeux d'un bleu magnifique tirant sur le vert. Ils me faisaient parfois penser à des oiseaux en cage, surtout quand ils accrochaient la lumière et se mettaient à pétiller dans son visage immuablement sombre et sinistre. Ils semblaient appartenir à quelqu'un de beaucoup plus jeune, quelqu'un qui était assoiffé de fantaisie et de gaieté. Ces yeux-là étaient faits pour rire. Je m'étais souvent dit que c'était ce qui avait dû séduire mon père. Mais c'était avant d'apprendre qu'elle avait reçu une assez jolie somme pour son vingt et unième anniversaire...

Quand ma mère accusait mon père de l'avoir épousée pour son argent, il ne le niait pas. Il abaissait simplement son journal et disait : « Et alors ? Il vaut dix fois plus qu'il ne valait à l'époque, non ? Tu devrais me dire merci. »

Faisait-il exprès de passer à côté du problème ou était-ce là tout le problème ? J'aurais bien voulu le savoir.

Je n'ignorais pas que nous avions beaucoup d'argent. Mon père était courtier en Bourse et c'est vrai qu'il avait fait des merveilles avec nos investissements, constituant un portefeuille qui nous garantissait une vie confortable et nous mettait à l'abri de tout souci financier. Sans doute fallait-il être inconscientes pour ne pas se rendre compte combien c'était important et le serait plus encore dans un futur que nous ne savions pas si proche.

Nous nous sommes dirigées, côte à côte, vers la voiture garée dans l'allée. Ma mère l'avait sortie du garage très tôt ce matin, puis avait lavé le pare-brise avant de passer l'aspirateur à l'intérieur, sous et sur les sièges. Ce n'était pas un modèle récent, mais, parce que ma mère l'entretenait méticuleusement et la conduisait peu, elle semblait sortir de chez le concessionnaire.

– Tu es pâle, me dit-elle. Tu ferais peut-être mieux de te faire porter malade.

– Je vais bien, lui assurai-je.

Je les entendais déjà : « Qu'est-ce qu'on avait dit ! On le savait ! On savait qu'elle n'allait pas venir. » Et, bien sûr, elles seraient furieuses.

– Je n'aime pas ça, marmonna Mère.

Chaque fois qu'elle se plaignait, cela réveillait les petites grenouilles de mon estomac qui se mettaient à sauter contre mes côtes. Je me hâtai de monter dans la voiture. Elle s'assit derrière le volant, les yeux rivés à la porte du garage — il y avait un impact, en bas, à droite, là où mon père avait reculé un peu trop vite, un soir qu'il était rentré avec sa voiture, après avoir passé la soirée avec quelques vieux amis. Il ne l'avait jamais réparée et, chaque fois que Mère la regardait, je savais qu'elle pensait à lui. Cela attisait la colère qui lui rongeait le cœur. Elle en frémissait de rage.

– Je me demande où il peut bien être, à l'heure qu'il est, gronda-t-elle, en mettant le contact. J'espère bien qu'il grille en enfer.

Nous descendîmes l'allée en marche arrière et prîmes la direction de Brentwood. Ma mère conduisait très lentement, toujours en dessous de la limite de vitesse ; ce qui ne manquait pas d'exaspérer les conducteurs qui la suivaient, lesquels manifestaient bruyamment leur insatisfaction en klaxonnant à tue-tête et en la maudissant plus ou moins audiblement.

Avant de partir, mon père m'avait aidée à apprendre à conduire et à passer mon permis, mais Mère n'aimait pas que je conduise. Elle estimait que l'âge du permis aurait dû être relevé à vingt et un ans et c'était même « encore trop jeune, par les temps qui courent ».

« Aujourd'hui, les gens ne sont pas aussi matures que dans mon temps, disait-elle. Il faut des années et des années avant de devenir adulte, et conduire est une énorme responsabilité. Je sais bien pourquoi ton père t'a laissée faire, ajoutait-elle, en serrant les dents — elle le faisait si souvent que c'était un miracle qu'elle n'ait pas de problèmes dentaires. On appelle ça de la corruption. Même l'enfer, c'est encore trop bien pour lui ! »

J'avais beau protester : « Ce n'était pas seulement pour ça, Mère. Et puis, je suis toujours très prudente », elle ne me laissait jamais conduire sa voiture et n'était montée que deux fois dans celle de mon père quand j'étais au volant. Chaque fois, elle m'avait accablée de reproches tout le long du trajet.

« On n'est jamais assez prudent », me rétorquait-elle.

Ces expressions et autres maximes lui étaient devenues presque automatiques. Je me disais qu'elle devait avoir, dans le cerveau, des petits boutons reliés à des phrases toutes faites de sorte que, quand on appuyait dessus, Mère formulait la phrase correspondante.

Ce matin-là, le ciel était légèrement couvert et l'atmosphère, nettement plus humide que les jours précédents. Monsieur Météo avait annoncé des orages en fin de journée. De vilains nuages s'agglutinaient vers l'ouest, au-dessus de l'océan, telle une armée regroupant ses forces avant de passer à l'offensive.

– Je vais rester à la maison toute la journée, insista Mère. Si tu as besoin de moi, n'hésite pas à m'appeler, t'entends ?

– D'accord.

– J'ai fait toutes mes courses et il faut que je m'occupe de nos livres.

Nos livres de comptes, voulait-elle dire. Ma mère avait repris le contrôle de toute notre fortune et était très fière de la façon dont elle gérait nos finances. Elle s'était attelée à la tâche avec le même sérieux et la même détermination qu'elle mettait en toute chose. Il y avait un bouton dans son cerveau connecté à : « Il n'y a pas de petites économies. »

Quand la maison du Dr Marlowe se profila à l'horizon, Mère claqua la langue et secoua la tête.

– Tout ça ne me dit rien qui vaille. Je n'aime pas ça, répéta-t-elle une fois de plus.

Je ne répondis pas. Elle emprunta l'allée privée, non sans une mauvaise grâce manifeste, et se gara juste au moment où la limousine de Jade démarrait.

– Qui est cette enfant gâtée ? me demanda-t-elle, en regardant la limousine s'éloigner entre les fentes de ses yeux plissés.

Elle remonta les épaules, tel un vautour prêt à fondre sur une charogne.

– Elle s'appelle Jade. Son père est un architecte connu et sa mère est directrice des ventes dans une grande société de cosmétiques.

– Enfant gâtée, répéta-t-elle avec la fermeté inébranlable d'un médecin qui diagnostique une maladie incurable.

Elle hocha la tête, puis déclama, levant les yeux au ciel :

– « Tu récolteras ce que tu as semé. »

Elle stoppa la voiture et plongea dans le mien son regard accusateur. Même si elle passait son temps à maudire mon père et à marmonner des imprécations contre lui, ses yeux semblaient toujours rejeter la faute sur moi.

– Ça se termine à quelle heure, tout ça ? me demanda-t-elle, en braquant un regard noir sur la maison de ma psychiatre, si noir même que j'imaginais déjà l'édifice exploser sous mes yeux.

– Je pense que ce sera à la même heure qu'hier et qu'avant-hier.

– Hum, grommela-t-elle.

Elle sembla réfléchir un moment, puis elle se tourna vivement vers moi.

– Rappelle-toi bien ce que je t'ai dit : ne laisse pas cette femme te faire dire quelque chose que tu ne veux pas dire.

– Non, non.

Elle hocha la tête, les yeux toujours flamboyants de colère. Ses lèvres s'étirèrent, découvrant des dents serrées.

– J'espère qu'il brûle en enfer, siffla-t-elle.

Et je me suis demandé : *Pourquoi pas moi ?*

Je devrais, pourtant. Je devrais même le haïr encore plus qu'elle.

Je jetai un coup d'œil à la porte de la maison du Dr Marlowe. *Aujourd'hui, peut-être...* ai-je pensé. Peut-être allais-je enfin trouver une explication à tout cela.

C'est sans doute ce qui me donna la force d'ouvrir la portière.

Mère me dévisagea à travers la vitre, secoua la tête, puis se détourna, le cou raide et le regard droit. La voiture s'éloigna lentement. Je l'ai regardée s'arrêter au bout de l'allée, avant de tourner dans la rue pour prendre la direction de la maison. Puis j'ai respiré profondément, pressant mes poings serrés contre mon ventre, et j'ai gravi les marches du perron. Quand l'employée de maison du Dr Marlowe, Sophie, m'ouvrit la porte, j'eus la surprise de les trouver toutes les trois, plantées là, dans l'entrée, le sourire — ou, plus exactement, un petit rictus goguenard — aux lèvres.

– Nous nous sommes dit que ce ne serait pas la peine de perdre notre temps dans le cabinet du Dr Marlowe. Autant attendre ici. Si tu n'étais pas venue, nous aurions pu toutes retourner directement chez nous, m'annonça Jade, de son ton le plus arrogant.

– Je suis contente que tu sois venue, me dit Misty, avec son grand sourire toujours pétillant de malice.

– Bon, ben, allons-y, grommela Star.

Elle posa les mains sur ses hanches et se pencha vers moi.

– Eh bien ! viens ! Tu ne vas pas rester là à nous regarder comme une imbécile toute la journée. La psy t'attend.

Je franchis le seuil. Juste au moment où Sophie s'apprêtait à le faire, Misty bondit sur la porte pour la fermer.

– J't'ai eu ! s'écria-t-elle, en riant.

Elles se rassemblèrent toutes autour de moi pour m'escorter jusqu'au cabinet du Dr Marlowe. Pendant un moment, j'eus l'impression de monter à l'échafaud.

Il y avait plein de choses en moi que je voulais voir mourir. Peut-être était-ce le moment de procéder à l'exécution ?

2

Quand nous sommes entrées, en file indienne, dans son cabinet, le Dr Marlowe était assise à son bureau. Elle s'est empressée de terminer ce qu'elle était en train de faire pour nous accueillir.

– Bonjour, mesdemoiselles, nous dit-elle d'une voix chantante, avec ce même chaleureux sourire de bienvenue qu'elle nous adressait chaque matin. Je ne savais pas que vous étiez déjà là. Vous êtes toutes arrivées en même temps ?

– Où est donc passée Emma ? lui rétorqua Star, en guise de réponse. C'est elle qui déclenche l'alarme, d'habitude.

Le Dr Marlowe s'esclaffa. J'admirais cette faculté qu'elle avait, quoi que nous disions — surtout Star, qui semblait prendre un malin plaisir à la provoquer sans cesse —, de toujours conserver son sang-froid, de ne jamais ni se formaliser ni se fâcher. Certes, après avoir entendu son histoire, je comprenais pourquoi Star était si agressive. *Et toi, alors ?* me dis-je, tout à coup. *Pourquoi ne réagis-tu pas comme ça ? Tu aurais les meilleures raisons du monde pour ça, non ?*

– Ma sœur avait rendez-vous chez le dentiste, lui répondit posément le Dr Marlowe. Voulez-vous reprendre vos places habituelles ? Si vous ne vous y sentez pas parfaitement à votre aise, n'hésitez surtout pas à changer, ajouta-t-elle, en me jetant un regard en coin.

Maintenant que c'était vraiment mon tour, elle semblait presque aussi anxieuse que moi.

– Et pourquoi on n'le serait pas, à l'aise ? repartit Star.

Le sourire du Dr Marlowe vacilla quelques fractions de seconde, comme une lampe torche à court de batterie, et s'évanouit.

Des boucles d'oreilles en turquoise ornaient le lobe de ses oreilles que le carré bien net de ses cheveux blonds découvrait. Ils me semblaient un peu moins raides que de coutume : elle avait dû perfectionner son brushing. En revanche, notre thérapeute n'avait pas dérogé à son uniforme de rigueur : tailleur et chemisier de soie blanche que de petits boutons de nacre fermaient presque jusqu'au menton.

La première fois que ma mère l'avait vue, elle avait semblé soulagée de constater que ma psychiatre n'était pas particulièrement jolie. Pour une raison qui m'échappait, Mère se méfiait toujours des femmes séduisantes. Certaines l'intimidaient, je crois. Il n'y avait pas une seule star de cinéma, pas un seul mannequin qui trouvât grâce à ses yeux. Soit leur obsession de la maigreur frisait le ridicule, soit elles étaient vaniteuses et accordaient trop d'importance à ce qui n'en avait pas, ignorant les vraies priorités d'une vie de femme. Mère tirait fierté de ne jamais se regarder plus d'une ou deux fois par jour dans la glace. Et encore ! pour se laver. Selon elle, si les miroirs n'existaient pas, le monde ne s'en porterait que mieux. « Pourquoi passes-tu tant de temps devant la glace ? me demandait-elle, quand elle me surprenait en train de me regarder. Si quelque chose n'allait pas, je te le dirais, voyons ! »

Je ne pensais pourtant pas me regarder plus souvent, ni même autant, que la plupart des filles de mon âge, mais je ne pouvais pas m'empêcher de m'examiner d'un œil critique en me comparant aux autres filles ou femmes que je rencontrais. Le Dr Marlowe avait certes des lèvres trop minces et un nez un peu trop long, mais j'aurais donné cher pour avoir sa silhouette. J'aurais même volontiers troqué ma taille contre la sienne. Je me trouvais tellement courte sur pattes, tellement boulotte. Notre psychiatre devait bien faire un mètre quatre-vingt-deux, alors que je faisais à peine un mètre cinquante-quatre. En dépit des compliments que me faisait mon père, avec mes allures de Bibendum, je me sentais presque grotesque, difforme, pour ne pas dire monstrueuse.

Mon père était pratiquement le seul à avoir essayé de me donner une bonne image de moi. Mère avait-elle raison quand elle prétendait que tout cela n'avait été que des mensonges, des « flatteries de dupe » ? Et, si tel était le cas, n'y avait-il pas certains mensonges utiles, certaines « flatteries » qui nous faisaient du bien ?

– Bon. Allons-y, déclara le Dr Marlowe, en claquant des mains.

Elle hocha la tête et s'assit, en nous invitant, d'un geste, à faire de même.

D'emblée le silence s'installa, si long, si lourd, que mon cœur s'arrêta. Et, quand il repartit enfin, ce ne fut que pour se mettre à cogner dans ma poitrine, à grands coups sourds, comme ces vieilles locomotives à vapeur que l'on voit dans les westerns. Je sentais tous les regards braqués sur moi avec une acuité insoutenable, si insoutenable que je me remis à trembler. Mes cuisses flageolaient. Je me suis dit : *Si ça continue comme ça, je vais finir en petits morceaux* et, dans un mouvement de réflexe stupide, je me suis enveloppée de mes bras comme pour ne pas me disloquer.

– Comment allez-vous, aujourd'hui ? nous demanda notre psychiatre.

– Une pêche d'enfer ! grommela Star.

– Bien, répondit Misty, avec un large sourire.

– J'aurais préféré dormir plus longtemps, maugréa Jade. Nous sommes censées être en vacances, figurez-vous.

Le Dr Marlowe laissa échapper un petit rire flûté et me dévisagea, avec, dans les yeux, une douceur et une chaleur telles que j'en fus bouleversée. Comment ne pas être touchée par tant de compassion ?

Ce qui n'empêcha pas l'étau de douleur qui m'enserrait le front d'une tempe à l'autre de se resserrer, se resserrer, encore et encore, comme s'il allait me broyer le crâne.

– Je crois que je me suis réveillée avec de la fièvre, ce matin, murmurai-je. J'avais des frissons. Je frissonne toujours un peu, d'ailleurs, ajoutai-je, m'étreignant de plus belle pour m'empêcher de trembler.

Je me suis alors mise à me balancer insensiblement d'avant en arrière sur le bord du canapé. Mais je ne m'en suis pas rendu compte tout de suite. C'était presque malgré moi.

– Prends ton temps, Cathy, me chuchota le Dr Marlowe. Respire bien à fond, comme je t'ai appris à le faire.

J'obéis, sans pour autant parvenir à me débarrasser de cette sensation de chape de plomb que le regard des autres faisait peser sur moi.

– Exc... excusez-moi, balbutiai-je dans un murmure à peine audible.

– Avant que je ne commence à vous raconter mon histoire, j'ai eu envie de vomir, avoua Misty.

À seule fin de m'encourager, j'en suis sûre.

– J'ai vomi, ce matin, confessai-je à mon tour.

Star fronça les sourcils et secoua la tête.

– Eh ! ce n'est que nous, Cat ! Tu ne passes pas dans *Bas les masques* en direct. Ce n'est pas comme si la terre entière te regardait.

– Laisse-la parler ! lui intima Jade.

Star pencha légèrement la tête de côté et lorgna Jade par en dessous.

– Son Altesse Jade nous ferait-elle l'aumône de quelques-uns de ses précieux conseils ?

– Je veux juste dire que cela n'a été facile pour personne.

– Je n'ai jamais dit le contraire. Mais, aussi terrible qu'elle soit, son histoire ne peut pas être pire que la nôtre, de toute façon, hein ?

Jade haussa les épaules.

– Quant à moi, je ne m'en suis toujours pas remise, dit-elle. J'ai connu des moments difficiles, dernièrement, mais celui-ci a sans doute été l'un des plus éprouvants.

À l'entendre, on aurait pu croire qu'il s'agissait d'un concours : à celle qui remporterait la palme de la douleur.

Les deux autres opinèrent en chœur.

– Personne ne va se moquer ni rien, me promit Misty, avec un regard débordant de sollicitude.

D'accord, ai-je pensé. *D'accord. Elles veulent l'entendre ? Je vais leur dire. Je vais tout leur dire. Elles regretteront, alors, de m'avoir poussée à parler. Tout le monde le regrettera.*

– Ma situation est très différente de la tienne, de la tienne, ou de la tienne, dis-je, en les regardant successivement droit dans les yeux.

– Comment ça ? fit Star.

– Pour commencer, j'ai été adoptée, lui répondis-je, avant d'ajouter aussitôt : mais je ne l'ai appris que cette année.

– Tes parents te l'ont caché tout ce temps ! s'écria Misty.

Au moins, avec ces filles, une chose est certaine, me suis-je dit. *Elles n'auront pas peur de poser des questions. Ce ne sera pas facile de leur cacher quoi que ce soit.*

– Oui.

– N'y avait-il donc, chez tes parents, aucune photo de toi à ta naissance ou, du moins, en bas âge ? s'enquit Jade.

– Non. Enfin, pas avant mes deux ans.

– Et cela ne t'a pas interpellée ? Toutes les familles collectionnent les clichés de leur progéniture vagissante.

– Non. Je veux dire : je me suis posé la question, mais je ne l'ai jamais formulée ouvertement.

– Pourquoi ? me demanda Star.

– Je ne l'ai pas fait, c'est tout. Il ne m'est jamais venu à l'esprit que j'aurais pu être adoptée. Je ressemble un peu à ma mère. Il y a un petit quelque chose dans le nez et dans la bouche qui nous donne un air de famille.

– Il n'en demeure pas moins que tu aurais pu t'inquiéter de cette absence suspecte de photos, insista Jade. A-t-on déjà vu des parents qui ne garderaient pas de photos de leurs nouveau-nés ? Quelle espèce de parents serait-ce là ?

– Je n'aime pas interroger ma mère, admis-je à contrecœur. Et elle non plus, elle n'aimerait pas que je lui pose des questions. « Sois sage et tais-toi » a toujours été sa devise en matière d'éducation et c'est comme ça que j'ai été élevée.

– Tu n'es plus une enfant, me fit remarquer Jade.

– Ah ! Ça, pas vraiment, non ! s'esclaffa Star. Il suffit de te regarder pour s'en rendre compte.

– Je ne voulais pas parler de sa poitrine, s'emporta Jade. Certaines filles mûrissent plus vite, physiquement, mais cela ne suffit pas à faire d'elles des adultes.

– J'ai été « physiquement mûre » très tôt, leur confiai-je, peut-être pour mettre un terme à leurs chicanes ou, peut-être, tout simplement, parce qu'il fallait que ça sorte.

– Comment ça « très tôt » ? s'enquit Misty. Parce que, je veux dire : moi, j'attends toujours.

Star et Jade éclatèrent de rire. Le Dr Marlowe parvint à garder son sérieux, mais je suis sûre d'avoir surpris une petite étincelle dans ses yeux.

– J'étais encore en CM1 quand... quand j'ai commencé à... à changer.

– En CM1 ! s'écria Star, avec un sifflement admiratif. Et tu portais un soutien-gorge en CM1 ?

– Non. Ma mère ne m'a pas emmenée en acheter un avant la sixième.

– Ben, qu'est-ce que tu mettais alors ?

– Elle me faisait enfiler une brassière en tissu élastique très épais qu'elle avait pris exprès trop petite pour m'aplatir la poitrine. J'avais l'impression qu'on me passait la camisole de force. Ce genre de soutien-gorge est fait pour pratiquer un sport, pas pour être porté en permanence, mais elle me le faisait porter toute la journée. Quand je l'enlevais, avant de me coucher, j'avais le torse tout rouge, comme si j'avais pris un coup de soleil, et, quand je m'en plaignais auprès d'elle, elle me répondait que je n'avais pas le choix parce qu'un soutien-gorge à mon âge n'aurait fait qu'attirer l'attention sur mon anormalité.

– Est-ce ainsi qu'elle appelait cela ? s'indigna Jade. Une « anormalité » ?

Je hochai la tête.

– Eh bien ! j'aimerais bien être un peu plus anormale, alors, dit Misty. Parce que, si ça continue, je vais finir par me faire greffer des implants pour mes vingt ans !

– Tu ne devrais pas accorder tant d'importance à ce qui n'en a que dans le regard des hommes ! cracha Jade, avec dédain.

Misty lui adressa un de ses petits haussements d'épaules désinvoltes et se retourna vers moi.

– Et ton père, qu'est-ce qu'il en disait, lui ? me demanda-t-elle.

– Il n'en a pas parlé à ma mère, du moins pas tout de suite, et jamais devant moi. Ma mère s'est toujours plus occupée de moi que lui, surtout pour ce genre de choses : ce que mon père appelait « des trucs de fille ». Mon père était toujours très occupé. Il est courtier en Bourse et il devait partir de bonne heure le matin — sauf le week-end, évidemment.

– À quoi ressemble-t-il ? s'enquit Jade. Je veux dire : pourrait-on le prendre pour ton véritable père ?

– Je crois que non. Il est grand — il fait presque un mètre quatre-vingt-dix — et puis, il peut manger et boire ce qu'il veut sans jamais prendre un gramme : il a toujours été mince. Il a de très longues mains aussi. Elles font presque deux fois les miennes, peut-être même trois, et ses doigts...

– Hein ? lâcha Misty.

Ça m'a fait rire.

– Il avait l'habitude de jouer à la petite araignée qui monte qui monte, avec moi.

– La « petite araignée » ? répéta Misty, avec un air ahuri.

– Tu ne connais pas ce jeu-là ? Tu fais courir tes doigts le long du bras et tu dis : « C'est la petite araignée qui monte qui monte le long de la gouttière. Mais zut ! voici la pluie. Et pfuit ! l'araignée dégringole. Et chouette ! revoici le soleil. Et hop ! la voilà repartie. C'est la petite araignée qui monte qui monte le long de la gouttière. Etc. », récitai-je, tout en faisant une démonstration.

Je devais avoir un sourire idiot ou l'air d'une parfaite attardée parce qu'elles semblaient toutes sur le point d'exploser de rire.

– Il avait l'habitude de faire courir ses doigts sur mon bras, comme je viens de vous le montrer, et puis il le faisait aussi en me prenant la main et en mettant ses doigts sur les miens pour monter et redescendre le long de mon torse.

« J'ai grandi avec l'idée que ses doigts étaient vraiment des pattes d'araignée, surtout quand il posait ses mains sur la table, poursuivis-je, en revoyant la scène. On aurait vraiment dit deux grosses araignées.

Les trois filles ne me quittaient pas des yeux, attendant que je continue, tandis que, dans ma mémoire, les images se succédaient à toute allure.

J'avais les mains sur la poitrine, doigts vers le bas. Je ne me souvenais pas les avoir placées là. Mes yeux se fermèrent puis s'ouvrirent brusquement et je me sentis de nouveau dans le présent.

– Il a une marque de naissance à l'index de la main droite, tout au bout, une grosse tache rouge. On dirait qu'il l'a posé sur la plaque d'un fourneau chauffé à blanc ou quelque chose comme ça. Les gens qui le rencontrent pour la première fois lui demandent souvent s'il s'est blessé. Alors il secoue la tête, pointe le doigt en l'air, comme un trophée, et leur dit que c'est juste une tache de vin.

« Il a les paumes toutes gonflées, comme des édredons, et si épaisses que ses lignes de la main y creusent de véritables sillons. En fait, il en a une si profonde au bas de la paume gauche qu'on pourrait croire qu'il s'est entaillé le poignet. Il entretient méticuleusement ses ongles : il se fait faire une manucure une fois par semaine. Il en prend même davantage soin que ma mère. Je n'ai jamais vu ma mère se mettre du vernis, par exemple, et elle ne s'est jamais fait faire de manucure de sa vie. Un jour que j'étais allée chez une copine et que j'étais revenue à la maison avec les ongles vernis, elle m'a plongé les doigts dans une cuvette remplie d'essence de térébenthine. Elle m'a obligée à les garder si longtemps dedans que j'ai eu la peau des doigts toute brûlée.

– N'a-t-elle donc jamais entendu parler du dissolvant ? s'emporta Jade. Ma mère pourrait lui en procurer un stock à vie, et à prix coûtant, qui plus est !

– Elle en a entendu parler, mais elle n'en a pas. Pas de vernis : pas besoin de dissolvant.

Je restai un instant absorbée dans mes pensées.

– Les ongles de mon père brillent. On dirait de l'ivoire, dis-je d'une voix songeuse.

– Comment ça se fait que tu parles tellement des mains de ton père ? s'étonna Misty, avec un petit sourire moqueur.

Je l'ai dévisagée en silence, puis j'ai tourné les yeux vers le Dr Marlowe. Elle dardait sur moi un regard intense entre ses yeux plissés. Comment en était-on arrivé là ? Et si vite ? Chacune de leurs questions me frappait comme une balle. Mais peut-être que c'était mieux ainsi. *C'est peut-être le meilleur moyen ?* me suis-je dit.

J'ai essayé d'avaler ma salive. En vain. Alors, j'ai pris une profonde inspiration. Mais j'ai soudain eu l'impression que mon père m'étreignait de toutes ses forces, me broyant les côtes, empêchant mes poumons de se gonfler d'air, pour garder à jamais notre secret enfermé dans la forteresse de mon cœur. J'ai fait une seconde tentative pour respirer et empêcher cette trop familière sensation d'étouffement de s'emparer de moi.

– Bois un peu d'eau, m'a ordonné le Dr Marlowe, en se précipitant pour me tendre un verre.

Elles semblaient toutes plus effrayées que surprises par cette réaction inattendue. Elles se lançaient des regards alarmés, avant de jeter un même coup d'œil vers la porte, comme si elles hésitaient à partir en courant. Elles semblaient regretter de m'avoir replongée si brutalement dans mon passé. J'en aurais presque ri toute seule. *Vous voulez savoir pourquoi je pense tellement aux mains de mon père ? D'accord,* pensais-je. *Vous m'avez mise au défi de tout vous raconter ? Eh bien ! maintenant, vous allez m'écouter, quitte à vous condamner toutes seules à des nuits et des nuits de cauchemars, vous aussi.*

– Bien qu'il ait toujours beaucoup travaillé, passant très peu de temps à la maison pour mieux se consacrer à sa société ou à ses clients, qu'il devait aller voir régulièrement, mon père était le seul à jouer avec moi. Tous les jouets que j'ai, c'est lui qui me les a offerts. Je ne me souviens pas que ma mère m'en ait jamais acheté un seul, pas même une poupée, dis-je en secouant la tête.

Je baissai les yeux.

– Je me rappelle ce jour où il m'a rapporté une Barbie. Quand ma mère a vu qu'elle avait de la poitrine, ça l'a tellement choquée qu'elle a emporté la poupée dans la cuisine pour la mettre en pièces à coups de rouleau à pâtisserie.

« Elle hurlait : "C'est dégoûtant ! dégoûtant ! Comment peuvent-ils fabriquer de tels jouets pour les enfants ? Et comment as-tu pu lui en acheter un ?", s'est-elle écriée, retournant sa colère contre mon père.

« Papa a haussé les épaules et lui a dit que, d'après le vendeur, c'était le jouet qui avait le plus de succès auprès des petites filles. Il a même ajouté que les actions de la société qui le fabriquait se portaient très bien.

« Je savais qu'il disait vrai, bien sûr. Les poupées Barbie faisaient un malheur et j'en avais toujours voulu une, ainsi que la garde-robe qui allait avec. Mais je dus me contenter de la poupée de chiffon que mon père me rapporta le lendemain. Ma mère l'inspecta minutieusement et lui accorda son visa quand elle eut dûment constaté qu'il n'y avait pas le moindre attribut sexuel à déplorer sur l'objet incriminé. Même avec ses longs cheveux filasses, la pauvre n'avait rien de féminin. Finalement, je l'ai baptisée Chiffe.

– Pourquoi ton père ne lui a-t-il pas tout simplement dit d'aller se faire cuire un œuf ? tempêta Star.

– Mon père est quelqu'un de très paisible. Il n'élève jamais la voix.

– Mais il essayait seulement de te laisser vivre comme une fille normale, s'insurgea Jade. Ta mère est un peu excessive, ne crois-tu pas ?

– Pourquoi ta mère joue-t-elle tellement les gendarmes ? renchérit Misty.

Brusquement, mon cœur se mit à battre la chamade. Le sang me monta aux joues. C'était comme si toute ma vie défilait devant moi. Tous les événements de mon passé étaient comme projetés sur le sol, les images s'enchaînant en un flot ininterrompu. Je me remis à parler, les yeux au plancher.

– Ce n'est pas parce que je ne me souviens pas avoir jamais entendu mon père se disputer avec ma mère que ça fait de lui un lâche, protestai-je dans un souffle.

– Quant à moi, je crois bien ne me souvenir que de cela : des disputes de mes parents, murmura Jade.

– C'est son jour, aujourd'hui, lui lança Star. On a déjà entendu ton histoire une fois, hier. Et c'est largement assez, si tu veux mon avis.

– Ah oui, vraiment ? se rebiffa Jade, hautaine.

– Oui, vraiment, lui rétorqua Star du tac au tac.

Jade la fusilla du regard.

– Mesdemoiselles, intervint le Dr Marlowe, d'une voix douce, en secouant la tête.

Elles se retournèrent aussitôt vers moi.

– Ça ne veut pas dire que ma mère ne critiquait pas mon père, repris-je. Au contraire, je crois qu'il ne s'est pas passé un jour sans qu'elle ne lui reproche quelque chose : ses apéritifs quotidiens au bistrot avant de rentrer, ses amis, les choses qu'elle lui avait demandées de faire et qu'il avait oubliées ou bâclées. C'est juste qu'il... Il lui tenait rarement tête. Je m'étais même dit que, dans les premiers temps de leur mariage, mon père avait décidé une bonne fois pour toutes que la meilleure conduite à tenir avec ma mère, c'était de l'écouter en hochant la tête à intervalles réguliers, d'être toujours d'accord, d'acquiescer à tout ce qu'elle disait et de continuer comme si de rien n'était.

« C'est curieux, commentai-je avec un petit sourire, sans quitter le sol des yeux. Il y a peu de temps encore, j'appelais ça de la sagesse. J'avais beaucoup d'estime pour mon père. Je l'admirais, même. Il réussissait brillamment dans son métier, et puis il semblait toujours si parfaitement organisé, si confiant, si sûr de lui, si... maître de la situation, ce doit être l'expression qui convient, je suppose. Il avait un avis autorisé sur tout. Il était très bien informé. Quand qui que ce soit mettait son opinion en doute, à n'importe quel moment, il était toujours capable de donner ses raisons et d'exposer, point par point, son argumentation pour défendre ses idées. Il savait se montrer très persuasif et les gens se laissaient souvent convaincre. Déformation professionnelle, j'imagine. Quand on est courtier en Bourse, il faut savoir vendre du rêve.

« Les repas, à la maison, étaient toujours très instructifs. Mon père commentait les événements politiques ou économiques du jour et, la plupart du temps, nous nous contentions de l'écouter. Enfin, je l'écoutais. Parce que, quand je la regardais, ma mère semblait plutôt distraite, comme perdue dans ses pensées. Pourtant, à la fin, elle disait immanquablement quelque chose comme : "Eh bien ! mais, qu'est-ce que tu croyais, Howard ? Quand on laisse la porte de l'étable ouverte, il ne faut pas s'étonner que les vaches s'échappent."

– Hein ? fit Misty. Qu'est-ce que les vaches ont à voir là-dedans ?

Je levai les yeux vers elle et lui souris.

– Ma mère collectionne les vieux dictons de ce style. Elle en a un pour chaque occasion.

– Ma mamie aussi, elle connaît plein de vieux dictons, s'enthousiasma aussitôt Star.

– Tu nous l'as déjà dit, lui fit remarquer Jade, d'une voix mielleuse, en lui adressant son sourire le plus doucereux. C'est à

Cat de parler, aujourd'hui, au cas où tu l'aurais oublié, ajouta-t-elle, savourant pleinement sa vengeance.

Star lui rendit son sourire satisfait et secoua la tête, mais on voyait bien qu'elle riait sous cape.

Je les jalousais. Oui, déjà, j'étais jalouse. Elles se cherchaient sans cesse, mais je voyais bien que, malgré tout, elles se respectaient et que, d'une certaine façon, elles s'aimaient bien : elles aimaient se provoquer, se taquiner. Et moi, j'aurais tellement voulu qu'elles m'aiment aussi. *Qui d'autre pourrait m'aimer, sinon ?* me demandais-je. Je pouvais compter sur les doigts d'une seule main les amies que j'avais eues. Et encore ! il ne m'en restait aucune. À voir la manière dont certaines me reluquaient au lycée, j'avais l'impression d'avoir la lèpre.

C'est ta faute, me dis-je. Mon visage aurait tout aussi bien pu être la vitre d'un poste de télévision et toutes mes pensées et mes souvenirs, des images défilant sur l'écran de mon cerveau, offertes à tous les regards.

– Je me sens sale, lâchai-je dans un murmure.

– « Sale » ? s'écria Misty. Mais pourquoi ?

Je relevai les yeux. Je ne m'étais pas aperçue que j'avais parlé tout haut. Ça m'était sorti comme ça, subitement. Mon cœur se remit à cogner dans ma poitrine. Je jetai un regard de détresse au Dr Marlowe. Elle battit simplement des paupières avec une expression de parfaite sérénité sur le visage — attitude censée m'apaiser, je suppose.

– Tu as dit que tu te sentais sale, c'est bien ça ? insista Misty, incrédule.

– Laisse Cathy avancer à son propre rythme, Misty, lui recommanda le Dr Marlowe.

– Mais c'est ce qu'elle a dit.

– Certes, mais il ne faut pas brusquer les choses, lui répliqua calmement notre psychiatre. Tout cela prend du temps, tu le sais très bien. Vous le savez toutes, d'ailleurs.

Misty se cala docilement dans le canapé, sans plus oser parler.

Après avoir respiré à fond quelques instants, je repris mon récit :

– J'ai toujours eu l'impression que les autres me regardaient tout le temps.

– Avec une mère qui te traitait d'anormale, comment aurait-il pu en être autrement ? siffla Jade, entre ses dents serrées, juste assez fort pour que je l'entende.

– Oui, lui répondis-je. Oui, c'est vrai. Ma mère n'a jamais voulu que je porte ce que portaient les autres enfants de mon âge. Il fallait toujours que j'aie des chaussures fermées, jamais de baskets, et mes robes devaient toujours être classiques, neutres, ternes : « indémodables », comme elle disait. Elle critiquait souvent la façon dont les autres enfants étaient habillés pour aller à l'école, particulièrement les filles. Chaque fois qu'elle m'y conduisait, elle hochait la tête en marmonnant des réflexions sur la tenue de mes camarades. Elle écrivait même des lettres au directeur. La plupart sont demeurées sans réponse, d'ailleurs.

« Un jour qu'elle était venue me chercher à la sortie, elle a aperçu une petite tache de rouge à lèvres au coin de ma bouche. J'étais en CM2, à l'époque. Bien qu'elles n'aient pas plus de dix ou onze ans, il y avait plein de filles qui venaient à l'école avec du rouge à lèvres. Parmi elles, se trouvait une certaine Dolores Potter qui m'avait convaincue de m'en mettre pendant que nous étions dans les toilettes des filles. J'avais honte de devoir avouer que je n'avais jamais fait ça de ma vie ; ce dont elle s'était vite rendu compte : j'en avais étalé une telle couche qu'elle était pliée de rire. J'avais ensuite essuyé le surplus avec un mouchoir en papier et nous étions retournées en classe.

« J'étais si mal à l'aise ! J'avais l'impression d'avoir été changée en enseigne lumineuse. Je me souviens : chaque fois que je levais la tête, j'étais persuadée que tous les garçons me regardaient. Quand la cloche a sonné, je me suis précipitée dans les toilettes pour enlever mon maquillage avec un Kleenex mouillé. Je croyais avoir tout fait disparaître, mais il en restait une trace à la commissure de mes lèvres.

« Ma mère me passe toujours au crible. Elle n'examine personne d'autre comme ça. J'ai l'impression d'être étudiée au microscope. Elle braque ses yeux sur moi et fait une minutieuse revue de détails. Si j'ai une mèche de travers ou que mon col est mal mis, elle le remarque immédiatement et m'envoie tout de suite y remédier.

Elle veut toujours que je sois parfaite — ou, du moins, conforme à sa conception de la perfection. C'est une véritable idée fixe, chez elle. Enfin bref, toujours est-il que, quand elle a repéré la trace de rouge à lèvres au coin de ma bouche, ça a été l'éruption volcanique. Le sang lui est monté au visage comme de la lave en fusion. Les yeux lui sortaient de la tête. Ses sourcils ont fait un bond sur son front et, brusquement, sans crier gare, elle m'a giflée à toute volée. J'ai juste eu le temps de voir sa main droite quitter le volant. Déjà elle fouettait l'air pour me frapper au visage, si vite que je n'ai même pas eu le temps de me préparer au choc. Ma tête a failli faire un tour complet. Ça m'a fait l'effet d'un fer rouge. J'ai sans doute eu plus de peur que de mal, mais la peur peut parfois vous toucher jusqu'au cœur et la douleur n'en est que plus profonde.

« J'ai levé les bras pour me protéger. Ma mère perd souvent son sang-froid et peut me frapper comme ça une dizaine de fois de suite. Où en trouve-t-elle la force pour quelqu'un d'aussi menu ? Ça, je l'ignore. Mais, quand elle explose, elle explose !

– Voudrais-tu nous faire croire qu'elle te bat encore ? s'offusqua Jade.

– Ça arrive. Habituellement, c'est juste une claque. Elle ne me frappe pas aussi fort qu'avant et jamais plus d'une fois.

– Ouh là là ! s'exclama-t-elle. On ne connaît pas son bonheur !

– La prochaine fois qu'elle t'en colle une, tu lui balances ton poing dans la figure, me conseilla Star. Elle y réfléchira à deux fois avant de recommencer.

– Je ne pourrais jamais faire une chose pareille. C'est juste que, pour elle : « Qui aime bien châtie bien. » Elle pense qu'« en ménageant le martinet, on gâte l'enfant ».

– Mais tu n'es plus une enfant ! s'insurgea Jade.

Tout juste si elle ne m'avait pas hurlé dans les oreilles.

– Mais enfin ! Elle a au moins dix-sept ans ! poursuivit-elle, prenant le Dr Marlowe à partie.

Ses yeux flamboyaient de colère : des feux de Bengale un Quatre Juillet !

– Le problème, avec les parents, de nos jours, enchaîna-t-elle, devant le mutisme imperturbable de notre psychiatre, c'est qu'ils veulent tellement rester jeunes qu'ils nous infantilisent complètement. On en vient à se demander quand ils cesseront enfin de nous traiter comme des enfants.

– Ah ça ! je dis amen là-dessus, approuva Star.

– Ce n'est pas facile pour ma mère, vous savez, la défendis-je (C'était plus fort que moi). C'est elle qui assume l'entière responsabilité de mon éducation. Elle m'a élevée toute seule. Elle n'a jamais pu prendre conseil auprès de qui que ce soit, ni bénéficier du soutien de sa famille. Nous sommes seules au monde, elle et moi. J'essaie d'être ce qu'elle veut que je sois. J'essaie de ne pas la rendre encore plus malheureuse qu'elle ne l'est déjà.

Je quêtai l'assentiment du Dr Marlowe. Nous avions déjà parlé de cela ensemble. Elle hocha discrètement la tête.

– Ma mère aussi est une victime, expliquai-je. Elle ne cherche pas à me faire du mal, ni à être cruelle ni rien de tout ça. C'est juste qu'elle...

– Qu'elle quoi ? s'impatienta Misty.

– Qu'elle a peur.

Notre psychiatre me gratifia d'un sourire satisfait.

– J'ai mis longtemps à le comprendre, poursuivis-je. Mais c'est vrai. Nous sommes comme deux souris perdues dans un monde truffé de pièges et grouillant de chats affamés.

– Encore un de ces fameux dictons maternels ? s'enquit Jade, railleuse.

– Non, c'est un des miens.

Elle secoua la tête d'un air consterné et se détourna.

– Et ton père, me lança Misty. Est-ce qu'il te frappait aussi ?

– Non. Il n'a jamais porté la main sur moi. Du moins jamais de façon brutale...

Je jetai un coup d'œil au Dr Marlowe. Était-ce le moment ? Était-ce maintenant que je devais parler de cette douleur insupportable ? Était-ce maintenant que je devais expliquer comment ces doigts-là m'avaient brûlée jusqu'au plus profond de mon être, comment ils me brûlaient encore aujourd'hui, comment ils m'avaient touchée en des endroits que je n'osais même pas toucher moi-même ?

Est-ce que je devais raconter les lèvres qui se hérissaient d'épines ? Est-ce que je devais raconter les cris dans la nuit, ces cris horrifiés qui me réveillaient et me terrifiaient jusqu'à ce que je finisse par me rendre compte que c'étaient les miens ? Le moment était-il venu de dire au revoir à la petite fille qui dormait en moi — au revoir ou… adieu ?

Dans mes rêves, le Dr Marlowe se tenait en retrait, un chronomètre en main. Les secondes s'égrenaient. Elle me regardait, exactement comme elle était en train de le faire en ce moment, son pouce déjà posé sur le bouton.

– *Tiens-toi prête, Cathy.*
– *Et si mes jambes refusent de bouger ?*
– *Elles bougeront. Elles ne pourront pas faire autrement. C'est le moment. Cinq, quatre, trois…*

Elle appuyait sur le bouton et criait :
– *Partez ! Vas-y, Cathy ! Sauve-toi ! Cours ! Vite ! vite ! Cours, Cathy ! Cours !*

Je lâchais la petite main que je serrais dans la mienne et fonçais droit devant moi, les joues ruisselantes de larmes. Je jetais un dernier coup d'œil en arrière et découvrais alors une poupée de chiffon qui me regardait. C'était Chiffe, mais à la place de son visage était apparu celui de mon père.

J'accélérais. Plus vite, encore plus vite. Je courais de toutes mes forces jusqu'à ce que je me retrouve ici, dans le cabinet du Dr Marlowe, assise à ma place, avec, autour de moi, mes sœurs de miséricorde.

3

– Les mères peuvent se montrer beaucoup plus sévères que les pères, affirmait Misty. Et bien plus rosses, surtout.

Je voyais bien qu'elle parlait, mais je ne comprenais pas ce qu'elle disait. Elle aurait tout aussi bien pu être assise derrière un épais mur de verre étouffant le son de sa voix.

– Les mères ne peuvent peut-être pas frapper aussi fort, mais elles peuvent parfois faire beaucoup plus mal avec des mots et des regards, expliquait-elle, avec un hochement de tête convaincu.

Elle regarda successivement Jade et Star, qui la dévisageaient en silence, puis, le visage soudain crispé, comme si elle allait pleurer, elle se rencogna dans le canapé.

– Enfin bref, repris-je précipitamment pour ne pas fondre en larmes à sa place.

Après cet incident du rouge à lèvres, ma mère a décidé de me changer d'établissement : elle m'a inscrite dans une école catholique.

– Juste à cause de cette petite trace de rouge à lèvres ? s'écria Jade, ulcérée.

– Oh ! je n'en ai pas été si mécontente que ça, me suis-je empressée d'ajouter. Comme j'étais obligée de porter un uniforme, ça allait mettre un terme aux moqueries des autres filles sur la façon dont ma mère m'habillait. Et puis, personne n'était autorisé à se maquiller, bien sûr, pas même une touche de rouge à lèvres ; ce qui enchantait ma mère. Certes, la discipline était stricte, mais je connaissais des filles qui réussissaient à faire entrer des cigarettes en douce pour fumer en cachette. Cela dit, le jour où l'une d'entre elles s'est fait prendre, ça a calmé les autres ; pendant quelque temps, tout au moins. En parlant de ça, justement, c'est à ce sujet-là que j'ai eu des ennuis avec sœur Margaret — qui, à l'école, est considérée comme le règlement intérieur personnifié. J'avais eu le malheur d'aller aux toilettes au moment même où deux filles étaient en train de fumer. L'odeur de la cigarette avait dû imprégner mes cheveux ou mes vêtements.

– Et alors ? En quoi ça pouvait t'apporter des ennuis, ça ? s'étonna Star.

– Du primaire jusqu'en terminale, il n'y a pas une seule élève qui n'ait entendu parler du nez de sœur Margaret. Non pas qu'il soit difforme ou quelque chose comme ça, mais parce qu'elle sent l'odeur de la cigarette à un kilomètre à la ronde. C'est plutôt comique, d'ailleurs, parce que, quand elle soupçonne quelqu'un, elle frétille des narines comme un lapin.

« Toujours est-il que, ce jour-là, je faisais la queue à la cantine quand une main s'est abattue sur mon épaule, des doigts de fer m'agrippant douloureusement pour me faire sortir du rang.

« "Viens avec moi", m'a-t-elle ordonné, en m'entraînant vers le bureau de sœur Louise, la principale. À peine la porte était-elle refermée, qu'elle m'accusait d'avoir fumé comme le prouvaient mes cheveux et mes vêtements qui empestaient le tabac froid. Je lui ai juré le contraire et je me suis mise à pleurer ; ce qui a suffi à me disculper auprès de sœur

Louise. Mais sœur Margaret est implacable.

« "Admettons. Mais, si tu ne l'as pas avalée, tu étais au beau milieu de la fumée et donc certainement assez près pour voir ce qui se passait. Qui a fumé ? Des noms, vite", m'a-t-elle intimé.

« L'idée même de rapporter, de trahir des filles que je venais à peine de connaître me terrifiait — presque autant que d'être punie à leur place. J'ai baissé la tête sans répondre. Alors, elle m'a empoignée par les épaules et m'a secouée comme un prunier. Vous ne pouvez pas imaginer la violence qu'elle y mettait. J'ai vraiment cru que mes yeux allaient sauter de leurs orbites. Il ne faut pas croire : les sœurs savent administrer de bonnes corrections, elles aussi.

Se représentant sans doute ce que je m'apprêtais à décrire, Star serrait déjà les poings de rage.

– Elle m'a fait tendre les mains, paume ouverte, et m'a donné des coups de règle jusqu'à ce que je gémisse de douleur, les joues ruisselantes de larmes. Après, j'avais l'intérieur des mains tout rouge et je ne pouvais même plus plier les doigts.

– Ça aurait été moi, je te l'aurais expédiée direct au Paradis éternel à coups de pied au derrière, fulmina Star.

– Qu'est-ce que tu as fait alors ? s'enquit Misty, manifestement inquiète.

– Je lui ai dit et répété que je ne savais pas qui avait fumé. J'ai prétexté que je ne connaissais encore personne et j'ai fermé les yeux, m'attendant à être foudroyée sur-le-champ pour avoir menti à une nonne.

« "Eh bien ! il te suffira de me les désigner, dans ce cas", m'a-t-elle rétorqué. Et elle m'a aussitôt reconduite à la cantine.

« Dès que nous sommes entrées, toutes les filles ont compris ce qui se passait. Les conversations se sont tues et tous les regards se sont tournés vers moi. On aurait presque pu les entendre respirer. Les deux filles qui avaient fumé dans les toilettes, au moment où j'y étais allée, semblaient terrorisées. Elles ont subitement piqué du nez dans leur assiette, implorant sans doute la Vierge de venir à leur secours à grand renfort d'*Ave Maria*.

« "Elles ne sont pas là, ai-je murmuré.

« – Comment cela, elles ne sont pas là ? a aboyé sœur Margaret. Elles sont forcément là. Toutes les élèves de l'école sont là." Elle avait gardé la main sur mon épaule et, en disant ça, elle m'a pincée si fort que la douleur a dégringolé tout le long de ma colonne vertébrale. Je l'ai ressentie jusque dans les jambes.

« J'ai fait celle qui balayait toute la cantine des yeux et j'ai secoué la tête.

« "Elles ne sont pas là !" me suis-je écriée.

Je pleurais tellement que les larmes me dégoulinaient du menton.

« Elle était folle de rage. Tout juste si on ne pouvait pas voir cette fumée qu'elle détestait tant lui sortir des oreilles. « "Très bien, a-t-elle craché, puisque c'est comme cela, jusqu'à ce que tu retrouves la mémoire, tu déjeuneras toute seule dans mon bureau, face au mur." Elle a fait durer la punition une semaine, avant de me renvoyer manger à la cantine avec les autres. La seule chose de bien, dans toute cette histoire, c'est qu'elles n'en ont jamais rien dit à ma mère.

– Quel âge avais-tu, quand cela t'est arrivé ? me demanda Jade.

– Je venais d'avoir onze ans. J'étais encore en CM2.

– Des fillettes de CM2 fumant des cigarettes en cachette ? s'étonna-t-elle, entre haut et bas.

– Oh ! ce n'est rien, ça ! ricana Star. Dans mon quartier, les mômes fumaient pratiquement au berceau.

– Ah bravo ! persifla Jade. La mère de Cathy n'a peut-être pas tout à fait tort, finalement. Peut-être que c'est l'enfer qui nous guette, au train où vont les choses dans ce pays.

– Qu'est-ce que tu en sais, de l'enfer ? l'apostropha Star. Pour toi, l'enfer, c'est de rater ton brushing.

– Ah oui ? Comme si tu savais ce que c'est, un brushing, toi !

– Mesdemoiselles, intervint posément le Dr Marlowe. Est-ce que nous ne serions pas en train de nous éloigner quelque peu du sujet ?

Jade lança à Star un regard à stopper un taureau qui charge en pleine course, mais Star détourna la tête d'un air dédaigneux avec un petit grognement inintelligible.

– Ça a dû être terrible, compatit Misty. Et qu'est-ce qu'il en disait ton père, que tu sois inscrite dans une école catholique ? Est-ce qu'il était d'accord ?

– Comme je l'ai déjà dit, dès qu'il s'agissait de moi, toute la responsabilité incombait à ma mère. Elle lui avait dit ce qu'elle avait l'intention de faire, bien sûr — c'était une dépense importante —, mais il s'était contenté de hocher la tête, comme d'habitude. Il m'avait bien jeté un petit coup d'œil par-dessus son journal, mais il s'était aussitôt replongé dans sa lecture.

– Ne s'occupait-il donc jamais de ce que tu pensais ou de ce que tu voulais ? insista-t-elle.

J'ai secoué la tête.

– Et encore un parent démissionnaire ! fulmina Jade. Mais pourquoi s'entêtent-ils donc à faire des enfants ? Que sommes-nous au juste, pour eux ? Quelque symbole de réussite sociale ? De ceux que l'on collectionne, comme les voitures de luxe et les postes de télévision grand écran ? Eh bien ! moi, je ne ferai pas d'enfant avant que mon mari ne se soit engagé sous serment, par un contrat signé de son sang, à assumer sa responsabilité de père et à se conduire en parent concerné.

– Il faut tomber enceinte pour avoir des enfants, ma vieille, railla Star, en prenant une mine effarouchée. Ça veut dire que tu vas perdre ta ligne de top-modèle et vomir tous les matins, tu sais ça ?

– Je sais ce qu'être enceinte signifie, merci.

– À moins que tu ne préfères l'adoption, comme ses parents, avança Star, en me désignant du menton.

– Oui, c'est vrai ça, dit Misty. On dirait qu'ils n'avaient pas vraiment envie d'avoir des enfants, tes parents. Pourquoi t'ont-ils adoptée ?

J'ai regardé par la fenêtre. De gros nuages peu engageants avaient gagné Brentwood, nimbant d'un voile grisâtre arbres, pelouse et fleurs. Le vent se levait et les branches se balançaient de plus en plus violemment. Tous les arbres semblaient me dire : « Non, non, non. »

Pourquoi m'avaient-ils adoptée ? Si je ne m'étais posé mille fois cette question, je ne me l'étais jamais posée. Ma mère se refusait à éclaircir ce mystère, mais j'avais trouvé mes propres réponses, des réponses que je n'avais jamais dévoilées à personne, pas même au Dr Marlowe.

Quand je lui ai lancé un coup d'œil, à ce moment-là, je me suis dit qu'elle espérait que j'allais le faire maintenant et que c'était même peut-être une des raisons qui l'avaient poussée à m'enrôler dans ce groupe de parole.

– Je ne parviens pas à imaginer ma mère faisant un enfant d'une façon… normale, hasardai-je. J'ai déjà vu mon père l'embrasser sur le front et, quelquefois, sur la joue, mais je ne les ai jamais vus s'embrasser comme des amoureux. Mère aurait sans doute peur d'attraper une maladie contagieuse si mon père l'embrassait sur la bouche. Déjà, quand il l'embrassait sur le front, elle détournait aussitôt la tête pour s'essuyer du dos de la main. Parfois, il s'en apercevait. Parfois, non. Il ne semblait pas s'en formaliser, de toute façon.

– Ils ne dorment pas ensemble ? demanda Star.

– Pas dans le même lit. Ils ont toujours eu des lits jumeaux séparés par une table de chevet. Il n'est plus là, lui, maintenant, évidemment, mais, même si elle a changé toute la literie sur le sien, les deux lits sont restés.

– Le fait que les gens ne passent pas la nuit dans le même lit ne signifie pas qu'ils ne se retrouvent jamais seul à seul — assez longtemps pour faire un enfant, tout au moins, objecta Jade. J'ai des amies dont les parents font chambre à part.

– Ils font comment, alors ? Ils prennent rendez-vous pour coucher ensemble ? pouffa Star.

– Je ne sais pas. C'est possible, répondit Jade d'une voix songeuse.

Elle demeura plongée dans ses réflexions quelques instants, puis ajouta :

– Peut-être que c'est plus romantique.

– Tu parles ! Tu es mariée, mais il faut que tu prennes rendez-vous pour faire l'amour ! C'est vachement romantique !

– La passion, ça devrait être... inattendue, spontanée, souffla Misty, les yeux rêveurs. Tu te tournes vers celui que tu aimes ; vos regards se rencontrent et vous vous retrouvez dans les bras l'un de l'autre, vos cœurs battant à l'unisson.

– Non mais, tu vis vraiment dans ton sit-com perso, toi ! s'exclama Star, mais sans sarcasme aucun, sans cette brusquerie qui lui était habituelle, comme si elle avait préféré pouvoir y croire, elle aussi.

– Ça se peut, mais c'est pourtant comme ça que ça se passera pour moi et pour celui qui m'aimera, soutint Misty.

Jade prit un air consterné, secoua la tête, puis se tourna vers moi.

– Donc, tu ne penses pas que ta mère et ton père aient des relations sexuelles ? C'est bien ce que tu veux dire ? résuma-t-elle.

– Ils ont bien dû le faire au moins une fois, pourtant, objectai-je.

– Comment cela ? Ne nous as-tu pas dit qu'ils t'avaient adoptée ?

– Mon père m'a dit qu'il avait failli avoir un autre enfant. Il était seul avec moi, un soir que j'avais le cafard, et il m'a raconté cette histoire. Il m'a dit que ma mère ne savait pas qu'elle était enceinte, ou avait fait semblant de ne pas le savoir. Elle a bien dû l'admettre, pourtant, quand une violente douleur au ventre l'a conduite dans la salle de bains où elle a perdu le bébé qu'elle portait. Elle a tiré la chasse d'eau dessus.

– Beurk ! lâcha Misty.

– Elle s'est évanouie et il a dû l'aider à se recoucher. Elle perdait du sang, mais elle a refusé de voir un médecin. À en croire mon père, elle n'était pas vraiment fâchée que ça lui arrive. D'après lui, elle l'aurait même souhaité. À voir la façon dont il m'a décrit tout ça, je pense qu'elle avait dû refuser ses avances, qu'il avait pourtant fini par parvenir à ses fins et qu'elle avait été furieuse de ce qui s'était passé, plus encore quand elle s'était aperçue qu'elle était enceinte. Je ne sais pas. En tout cas, je ne parviens pas à les imaginer faisant l'amour, même maintenant.

Je devais avoir un air coupable ou quelque chose comme cela parce que Misty a plissé légèrement les paupières et s'est penchée vers moi pour me demander discrètement :

– Qu'est-ce qu'il y a ?

– Rien, rien.

J'ai détourné précipitamment les yeux. Mon cœur s'était de nouveau emballé, tel un animal sauvage qui, complètement affolé de se retrouver prisonnier, se jetait contre les barreaux de sa cage.

– Allez ! me pressa-t-elle. On t'a dit plein de trucs qu'on n'aurait jamais osé dire à personne d'autre, nous.

– C'est vrai, Cat, renchérit Star. On n'a plus de secrets entre nous, maintenant.

– Tu peux nous faire confiance, insista Misty, revenant à la charge. Franchement, tu nous vois aller moucharder les histoires des copines, hein ?

J'ai tourné la tête pour les dévisager l'une après l'autre. Elles avaient l'air sincères.

L'avertissement de ma mère me revint en mémoire. Mais elle ne comprenait pas. Il fallait que ça sorte. C'était vital pour moi. Je me disais : *Tu n'as qu'à voir ce que ça lui a fait de garder toute cette horreur en elle. Tu veux que ça t'arrive à toi aussi ?*

– Après avoir appris par mon père cette histoire de fausse couche, je les ai espionnés, ai-je fini par avouer. Mais c'était juste par curiosité.

– Et alors ? Qu'est-ce que tu as vu ? demanda Star.

– Comment faisais-tu pour les espionner ? s'enquit Misty, au même moment.

Je choisis de répondre à la question la moins embarrassante :

– Toutes les chambres de la maison sont au premier. Nous avons une de ces maisons coloniales espagnoles avec un balcon qui longe toute la façade.

– Un porche cantilever. Probablement une de ces constructions dans le style Monterey, en conclut Jade. Mon père en a dessiné une. J'ai vu les plans.

– Merci pour l'information, persifla Star. Comment j'ai pu vivre tant d'années sans savoir ça ? On se le demande. Dix minutes de plus et je n'y survivais pas !

– Si tu préfères rester dans l'ignorance toute ta vie…

– Mais laissez-la parler ! s'écria Misty. Vas-y, Cat, m'encouragea-t-elle. Ne fais pas attention à elles. Je t'écoute, moi.

– Quand ils montaient se coucher, j'entendais d'abord un bruit de conversation étouffée, pendant quelques minutes, puis plus rien. Je ne pouvais pas m'empêcher d'y penser. J'avais lu certaines choses et je savais déjà ce qui était censé se passer.

– Alors tu es allée sur le balcon pour jeter un œil à la fenêtre de leur chambre, c'est ça ? s'impatienta Star.

– Oui. Mais juste trois ou quatre fois seulement, pas plus.

– Et alors ? me pressa-t-elle.

– Ma mère dort en chemise de nuit, enveloppée dans une robe de chambre en coton. Chaque fois que j'ai regardé, elle tournait le dos à mon père et mon père en faisait autant. Je ne les ai jamais vus s'enlacer, se toucher, ni même s'embrasser. Je me souviens m'être dit, sur le moment, qu'ils ressemblaient à deux étrangers obligés de partager une chambre pour la nuit. Dans ces conditions, comment voulez-vous qu'ils fassent un enfant ?

– Pas étonnant que ça ait cassé, commenta Star. Je suis même étonnée que ça ait tenu si longtemps.

Misty et Jade hochèrent la tête en chœur.

– Donc, s'étant retrouvée enceinte de ses œuvres, malgré elle, ta mère ne voulait plus avoir de relations sexuelles avec ton père. En conséquence de quoi, le recours à l'adoption a été le seul moyen qu'ils ont trouvé pour fonder une famille, récapitula Jade.

– Qui te dit que c'était son mari qui l'avait mise enceinte ? Ça pouvait être quelqu'un d'autre, avança Star.

– Non, ça m'étonnerait, lui répondis-je.

– Peut-être que ton père l'avait pratiquement violée et que c'est pour ça qu'elle ne voulait pas garder le bébé ? suggéra Misty.

– Tu devrais écrire des mélos, toi. Ça ferait un tabac à la télé, railla Star.

Misty haussa les épaules et, d'un mouvement du menton, m'incita à poursuivre.

– Mais pourquoi son père serait-il resté marié à une femme avec laquelle il n'avait plus aucune relation, ni affective ni sexuelle ? s'interrogea Jade à haute voix.

– Peut-être qu'il a un problème. Peut-être qu'il fait partie de ces hommes qui ne peuvent plus avoir de rapports sexuels, avança Star. J'ai entendu dire que ça pouvait leur arriver. Ils deviennent impo… impuissants ou un truc comme ça, ajouta-t-elle, butant sur ce mot qui ne lui était manifestement pas familier.

– Non, répondis-je.

Un peu trop vite.

– Comment ça « non » ? me reprit aussitôt Star. Qu'est-ce que tu en sais ? Tu l'as vu avec une autre femme ? C'est pour ça qu'ils ont divorcé, en fait ?

– C'est ça, n'est-ce pas ? renchérit Misty, avec un petit sourire complice. Eh bien ! bienvenue au club !

J'ai baissé les yeux. Et puis j'ai pris une profonde inspiration, je me suis retournée vers elles et je les ai regardées en secouant la tête.

– Non, je ne l'ai jamais vu avec quelqu'un d'autre.

– Ben alors, comment tu peux savoir ? insista Star, d'un air soupçonneux.

Elle me regarda, alors, avec une telle insistance que je crus voir deux petits poignards pointés sur moi. Quand elle lut dans les miens le secret que j'avais si honteusement caché jusqu'alors, ses yeux s'écarquillèrent.

– Je vois ce qu'elle veut dire, lâcha-t-elle dans un souffle à peine audible.

Elles me dévisageaient toutes, maintenant, et je voyais un même effarement passer d'un visage à l'autre comme une vague glacée submergeant des rochers et, avec lui, l'éruption d'un flot de pitié, d'horreur et de dégoût noyant leurs prunelles.

J'eus soudain l'impression de me vider de mon sang. Brusquement, je ne pouvais plus ni avaler ni respirer, tant ma gorge était nouée. Je fus prise de frissons. J'imagine que je devais être d'une pâleur à faire peur. Une expression de vive inquiétude s'était peinte sur le visage du Dr Marlowe. Elle se leva subitement.

– Laissons à Cathy le temps de souffler un peu, déclara-t-elle. Viens avec moi, Cathy. Tu vas te mettre un peu d'eau fraîche sur le visage et te détendre quelques minutes.

Je sentis qu'on m'aidait à me lever, mais je n'étais pas convaincue que mes jambes allaient réussir à me porter et je me voyais déjà m'effondrant sur le dallage comme une marionnette dont on aurait coupé les fils. Je suivis pourtant le Dr Marlowe comme une somnambule jusqu'aux toilettes et fis ce qu'elle m'avait conseillé. L'eau froide me ranima. Le sang se remit à circuler dans mes veines et je pus de nouveau respirer.

– Cela va mieux ? me demanda-t-elle.

Je hochai la tête en silence.

– Tu n'es pas obligée de continuer, Cathy, m'assura-t-elle. Je ne devrais peut-être pas te brusquer. Tu n'es peut-être pas prête.

Je réfléchis à la question. Comme ce serait simple et facile d'acquiescer et de rentrer à la maison, de retourner me réfugier dans ma chambre, de me coucher dans mon lit, en tirant ma couverture jusqu'au menton, de fermer les yeux, de remonter mes genoux contre ma poitrine et d'attendre que le sommeil m'ouvre une porte sur quelque paradis artificiel, quelque part où je pourrais dériver, flotter sur des nuages tièdes et moelleux et oublier, oublier, oublier...

Mais une autre en moi voulait sortir, quitter le cabinet du Dr Marlowe à jamais pour entrer de plain-pied dans la vraie vie, enfin ! Comment pourrais-je jamais réintégrer le monde réel si je courais me terrer chez moi ?

– Non, lui répondis-je. Je veux encore essayer.

– Tu es vraiment sûre, Cathy ?

J'ai regardé mon visage dans la glace. C'était toujours un masque. J'en avais assez de le voir. Le moment était venu de l'enlever pour découvrir ce qui se cachait derrière. C'était un risque, mais j'étais prête à le prendre. Tout plutôt que de rester dans ce mouroir. Allais-je découvrir un petite fille derrière le masque ? Est-ce que tout ce qui m'était arrivé m'avait à jamais empêchée de grandir ? Que ce serait donc grotesque, une tête de petite fille sur un corps aussi formé que le mien !

À moins que je ne découvre tout simplement un visage en ruine, tout craquelé comme un vieux vase de porcelaine, avec deux grandes fissures courant de mes yeux à mon menton, là où tant de larmes avaient coulé, ruisselant sur mes joues comme des torrents. Combien de temps faudrait-il pour recoller les morceaux ? Mon visage serait-il un jour réparé ? Les lézardes disparaîtraient-elles complètement ou laisseraient-elles à jamais de profondes et indélébiles cicatrices de tristesse ?

Est-ce que j'étais jolie ? Est-ce que je pourrais l'être un jour ? Est-ce qu'il y avait un visage que quelqu'un pourrait jamais aimer sous ce masque ? Est-ce qu'un jour je voudrais de nouveau être embrassée, caressée ? Est-ce que je pourrais rêver du Prince Charmant, comme

Misty venait de le faire, et me retrouver dans un cadre romantique, une main étreignant la mienne ?

Papa me le disait souvent. Il cueillait mon visage entre ses mains pour m'embrasser sur le bout du nez et me murmurait que je m'épanouissais chaque jour davantage et que, bientôt, tous les miroirs chanteraient ma beauté. Quand il me parlait comme cela, j'avais l'impression de vivre un vrai conte de fées. Peut-être qu'un jour le Prince Charmant viendrait me chercher ? Peut-être que je deviendrais sa princesse ? Papa m'avait, pendant si longtemps, donné le sentiment que j'étais sa petite princesse adorée. Est-ce qu'à cause de tout cela je ne pourrais plus jamais aimer ? Est-ce que ma confiance, mon aptitude à aimer et à me laisser aimer avaient été à jamais détruites, comme une petite fleur écrasée, qui se fane, se fane... ou une étoile lointaine qui n'a que quelques secondes pour briller avant de disparaître dans les ténèbres pour l'éternité ?

Non, je ne voulais pas retourner à la maison. Je devais encore essayer.

– Je vais continuer, insistai-je.

– O.K., acquiesça le Dr Marlowe. Mais si tu changes d'avis, si tu as le moindre problème, n'hésite surtout pas à interrompre la séance pour rentrer chez toi. Je ne veux pas que nous perdions, en quelques instants, le bénéfice de tant d'efforts, ni que nous anéantissions tous les progrès accomplis à ce jour. Cela peut se produire, si on précipite les choses, parfois, tu sais.

– Si on « précipite » les choses ?

Je laissai échapper un petit rire qui résonna bizarrement à mes propres oreilles. Il devait d'ailleurs être vraiment bizarre et inquiétant parce qu'au lieu de sourire le Dr Marlowe a fait la grimace.

– Vous savez ce que c'est que de regarder à travers la vitre de la portière les autres filles de mon âge, et même plus jeunes, qui marchent sur le trottoir avec leur bande de copains et leur petit ami, le visage rayonnant et le regard tourné vers un avenir plein de promesses ? J'ai l'impression d'être un animal en cage. Et ce n'est pas moi qui m'y suis enfermée, en plus. Ce n'est pas juste. Je veux sortir, docteur Marlowe. Je veux sortir !

– Je sais, Cathy. Et je vais tout faire pour t'y aider.

Je tournai les yeux vers la porte.

– Elles ont toutes passé de très mauvais moments, elles aussi, et, pourtant, elles semblaient tellement avoir peur ; elles ont paru tellement choquées, tout à l'heure.

– Il se peut qu'une ou deux d'entre elles veuillent s'en aller, mais, quoi qu'il arrive, je crois que vous allez toutes franchir ce cap difficile, dit-elle, en hochant la tête.

Elle m'a pris la main et l'a serrée dans la sienne. J'ai respiré profondément et je lui ai souri.

– Prête ?

– Oui. Ramenez-moi là-bas. Je veux me concentrer sur toutes les mauvaises choses, exactement comme vous m'avez demandé de le faire, et je veux me servir de toute ma rage et de toutes mes forces pour les réduire à jamais en poussière. Est-ce que vous croyez que j'en suis capable ?

Elle me rendit mon sourire.

– Tu réussiras, Cathy, j'en suis certaine, affirma-t-elle avec une assurance propre à me redonner la confiance qui me manquait.

J'ai franchi la porte et je suis retournée dans son cabinet. J'ai bien vu qu'elles n'avaient pas cessé de parler de moi. L'expression de leur visage était si différente, à présent : la morgue de Star avait disparu, tout comme la suffisance de Jade et l'espièglerie de Misty. Nous faisions exactement ce que le Dr Marlowe attendait de nous : non seulement nous changions, mais nous nous changions mutuellement. Comme des sœurs unies, non par un même sang, mais par l'adversité et la tourmente des épreuves traversées, nous nous entourions et nous réchauffions au feu de nos souffrances et peurs communes.

Ensemble, nous pourrions peut-être vaincre les démons ?

J'avais hâte de reprendre la séance. J'avais tant de choses à leur dire encore…

4

Les questions se bousculaient dans leur tête à présent. Je pouvais presque les voir se succéder dans leurs prunelles. Des questions que je me posais encore moi-même : comment tout cela avait-il bien pu m'arriver, à moi ? Sous mon propre toit ? Comment ma mère, si suspicieuse, si observatrice, avait-elle pu ne se rendre compte de rien, alors que tout se passait pratiquement sous ses yeux ? Comment pouvait-on préparer une terre, l'ensemencer, l'entretenir, pour en faire un jardin où ne pousseraient que des fleurs noires et vénéneuses, pleines d'épines et de poison ? C'était pourtant dans ce jardin-là que l'on m'avait transplantée. C'était là que j'avais grandi.

Elles attendirent patiemment que j'aie repris ma place et me laissèrent, en silence, le temps de rassembler mes idées.

Je pris une bonne inspiration et me lançai :

– Ma mère a mis un point d'honneur à me rendre parfaitement autonome. Je devais être capable de me débrouiller seule, et ce, dès mon plus jeune âge. Je n'avais que trois ans lorsqu'elle a exigé que je sache me vêtir correctement, sans aucun secours extérieur. Elle m'a également appris à me faire couler un bain. Je devais me déshabiller, me laver et m'habiller sans qu'elle ait à intervenir. Elle posait la tenue que je devais porter sur le lit et sortait de ma chambre, me livrant à moi-même. Si je me trompais dans la façon de procéder, elle me renvoyait dans ma chambre pour corriger mon erreur.

« L'hygiène corporelle comptait plus que tout à ses yeux. C'était même plus important pour elle que l'école ou les bonnes manières, par exemple.

« C'était difficile, parfois, surtout quand je tombais malade. Je me souviens que, lorsque je vomissais, elle m'obligeait à me laver et à me changer toute seule, quand bien même j'avais la nausée et souffrais de maux de ventre abominables. J'avais beau l'appeler, la supplier de venir entre deux sanglots, elle restait derrière la porte, me dictant ses ordres et me répétant à l'envi que je devais apprendre à me prendre en charge toute seule.

« La nudité devait être évitée à tout prix, à plus forte raison devant quelqu'un, y compris mes propres parents.

– Mais elle est malade ! s'indigna Jade. Comment une mère peut-elle s'ingénier à ce point à humilier sa propre enfant, à lui faire honte de son propre corps ?

– Ma mère ne voit pas les choses de cette façon, lui expliquai-je patiemment. Elle pense que c'est seulement offrir sa nudité au regard des autres qui est honteux. Le corps est quelque chose de précieux, de très intime, de quasi sacré, pour elle. C'est quelque chose qui nous appartient et que personne ne doit souiller.

– Et tu t'étonnes, après ça, que tes parents n'aient pas été très portés sur la chose ! railla Star.

– À cause de ça, m'empressai-je de poursuivre pour cacher mon embarras, ma mère ne va même pas chez le médecin, et elle a horreur de m'y emmener. Elle s'étranglerait à la seule idée de se faire examiner par un gynécologue. Quand j'étais malade, il fallait d'abord qu'elle essaie systématiquement tous ses remèdes de bonne femme, et elle ne capitulait que si tout ce qu'elle tentait demeurait sans effet.

— C'est ridicule de ne pas se faire faire régulièrement un bilan de santé. C'est si facile, de nos jours, argua Jade. Elle pourrait se retrouver avec un cancer ou une autre maladie grave qu'elle aurait pu éviter ou, du moins, dépister à temps.

— Qu'est-ce qu'elle fait quand elle est vraiment malade et que ses remèdes ne marchent pas ? me demanda Misty.

— Je ne me souviens pas avoir jamais vu ma mère vraiment malade. Elle a eu des rhumes, comme tout le monde, mais elle a une santé de fer. Enfin, je crois, parce que, ces derniers temps, il lui arrive de devoir s'asseoir tant elle se sent fatiguée. Elle semble tout essoufflée alors qu'elle vient à peine de commencer son ménage. Elle dit que c'est le contrecoup, que ça passera.

« N'empêche que j'ai grandi avec ces idées-là dans la tête, tel un bataillon de gendarmes qui faisaient leur ronde et n'hésitaient pas à sévir dès que je découvrais, volontairement ou non, une partie de mon corps. Ça devenait franchement problématique, par moments, surtout en cours de gym, quand il fallait que je me change dans les vestiaires. Je ne devais jamais prendre de douche hors de ma propre salle de bains, pas même à l'école catholique où il y a pourtant des cabines individuelles.

– Tu croyais qu'il allait se passer quoi, au juste, si quelqu'un te voyait un bout de peau ? me lança Star.

– Je ne sais pas. Mais, dès que ça se produisait, ça me tétanisait. J'avais des frissons partout. Je voyais même ma mère se dresser devant moi avec son visage rouge de colère.

– Tu vas finir par devenir aussi givrée qu'elle, si ça continue.

– Non, certainement pas, la reprit aussitôt le Dr Marlowe, avec fermeté. Aucune de vous ne deviendra « givrée », pour reprendre ton expression, Star.

– Encore plus « givrée », vous voulez dire ? rétorqua Jade. Parce que pour « givrée » tout court, c'est un peu tard.

Ce qui provoqua l'hilarité générale. Cela me remonta un peu le moral. Je me sentis tout à coup plus forte, plus confiante. *Tu peux y arriver. Tu peux y arriver*, me répétais-je pour m'encourager. *Il faut que j'affronte mes démons ; il faut que je les détruise, sinon je finirai par donner raison à Star.*

Je baissai les yeux, réfléchissant à la manière dont j'allais bien pouvoir passer à la suite, puis je me redressai.

– Mon père ne partageait pas du tout les mêmes préjugés. Quoiqu'il se comportât, en ce domaine, comme il se comportait pour tout le reste. Il n'a jamais essayé d'en discuter avec elle, je veux dire. Dès le début, il a prétendu que ce serait notre petit secret, « notre petit secret à tous les deux ».

– Quel secret ? lâcha Misty, avant même que j'aie fini ma phrase.

– Laisse-la parler ! la rabroua Jade.

– Mais oui ! Arrête de la speeder ! renchérit Star.

Misty se mordit la lèvre, confuse.

– Je suis désolée. Excuse-moi, Cat. Excuse-moi.

C'était drôle de les voir si soucieuses de me ménager. Elles devenaient presque aussi protectrices envers moi que ne l'était déjà le Dr Marlowe.

– Ça ne fait rien, la rassurai-je, avec un petit sourire. Je sais que c'est difficile à comprendre. Je vous ai déjà dit que mon père ne prenait aucune part à mon éducation. Je n'allais jamais où que ce soit avec lui sans que ma mère soit constamment présente. Il n'a pratiquement jamais assisté aux réunions de l'école. Nous ne passions jamais un moment ensemble, pas même le soir. Il se couchait toujours très tôt parce qu'il devait se lever de bonne heure, à cause des horaires de la Bourse. Après le dîner, je faisais mes devoirs et, quand j'avais fini, il était déjà au lit. C'était comme ça tous les jours. L'emploi du temps de toute la famille était le même tout au long de l'année.

– N'as-tu donc jamais voyagé ou juste fait une sortie en famille, le week-end ? s'étonna Jade.

– Non, non pas vraiment. Une excursion d'une journée, au maximum. Et encore ! C'était exceptionnel. Ma mère n'aime pas dormir dans un autre lit que le sien. Elle prétend que les chambres d'hôtel ne sont jamais propres et que l'on dort toujours dans la crasse des autres.

« Je me souviens avoir vu mon père partir pour plusieurs jours tout seul. Ça ne semblait pas la gêner. Et puis... il m'a emmenée aussi, une fois...

Elles semblaient toutes retenir leur souffle. Mais je n'étais pas encore prête à aborder ce sujet-là. J'ai fermé les yeux. Je voyais des toiles d'araignée rouges comme tissées à l'intérieur de mes paupières.

– Quand j'étais petite et que je devais prendre mon bain toute seule, il arrivait que mon père fasse irruption dans ma salle de bains. C'était ça, notre « petit secret à tous les deux ». Il m'avait clairement fait comprendre que je ne devais pas en souffler mot à ma mère. Nous savions, l'un comme l'autre, qu'elle en serait offusquée et mon père m'affirmait que ça la rendrait malheureuse. « On ne peut pas lui faire ça, n'est-ce pas ? me disait-il. Elle qui fait tant pour nous. »

– Mais, elle ne l'a jamais vu entrer dans ta chambre ? demanda Misty.

– Elle était souvent occupée à préparer le petit déjeuner ou le dîner, ou bien encore elle faisait le ménage. Mère est toujours extrêmement rigoureuse dans tout ce qu'elle entreprend. Tout est réglé d'avance et elle suit son programme à la lettre, quoi qu'il arrive. Je sais, presque à la seconde près, ce qu'elle est en train de faire. Ça la rassure d'être organisée.

« Ça fait très longtemps, maintenant, et pourtant je me souviens parfaitement du jour où mon père est venu me voir pour la première fois. J'étais déjà dans la baignoire. Je ne l'avais pas entendu ouvrir la porte de ma chambre. Il avait dû veiller à ne pas faire de bruit. Il s'est avancé, un large sourire aux lèvres, et m'a demandé si tout allait bien.

« J'ai acquiescé. Il a alors plongé son index dans l'eau, comme un thermomètre, puis il l'a agité en l'air, avec cette grosse tache rouge qui luisait.

« "Parfait, a-t-il conclu, d'un air satisfait. Juste à la bonne température."

« Il m'a passé la main dans les cheveux, puis il s'est agenouillé à côté de la baignoire et m'a demandé de lui montrer comment je faisais pour me laver.

« J'étais toujours contente quand il faisait attention à moi. Je voulais qu'il me prenne dans ses bras, qu'il me serre très fort et qu'il me donne des baisers. C'était mon papa et j'espérais toujours de lui quelques mots gentils, un câlin, un sourire affectueux. C'était si rare à la maison. Alors, quand il m'a demandé ça, j'ai été ravie. Je veux dire : c'est pour ça que je n'ai pas eu peur ni que je...

– Tu n'as pas à faire cela, m'interrompit le Dr Marlowe, à mi-voix.

Les autres filles se sont toutes tournées vers elle. Mais elle n'en a pas dit davantage.

Quant à moi, c'était inutile. Je savais ce qu'elle entendait par là : elle voulait que je cesse de m'en vouloir, de me disculper, de me justifier. J'ai hoché la tête. Quand j'ai de nouveau tourné mon attention vers elles, les autres filles avaient l'air encore plus intriguées qu'avant.

– "Je sais que ta mère t'a appris qu'il est très important d'être bien propre partout, a-t-il poursuivi. Vas-y. Montre-moi comment tu fais."

« Vous ne pouvez pas imaginer à quel point j'étais contente d'exécuter devant lui les gestes que ma mère m'avait enseignés. Je me suis frictionné les bras, les jambes. Je me suis frotté énergiquement le cou, sans oublier les oreilles — surtout derrière — et puis je me suis levée et je me suis lavée euh... partout.

« Ça l'a fait rire et il m'a félicitée. Il a même applaudi. Quand il est reparti, j'étais si fière, si heureuse ! Pourtant, quand je l'ai revu, après, il s'est comporté exactement comme d'habitude. Quand il a senti que je le regardais, il a jeté un regard éloquent vers ma mère, puis il m'a fait un clin d'œil. Devant elle, il faisait comme s'il ne s'intéressait pas du tout à moi. Tout juste s'il ne m'ignorait pas. Quand j'ai voulu me blottir contre lui, sur le canapé, il m'a renvoyée dans ma chambre en me disant que je devrais déjà être couchée. Bien qu'il n'ait pas fait un geste, ni même levé les yeux de son journal, j'ai cru recevoir une gifle. Il a repris sa lecture comme si de rien n'était.

« Le seul moment où il me manifestait un peu d'attention, où il me souriait, riait avec moi et me caressait tendrement, c'était quand il venait me voir pendant que je prenais mon bain. Mais c'était très rare.

« Jusqu'à...

– Quoi ? m'interrompit Misty, si impatiente qu'elle en bondissait presque sur son siège.

– Les bosses.

– Les bosses ?

– Elle veut dire jusqu'à ce qu'elle commence à avoir de la poitrine, lui expliqua Jade, en jetant un coup d'œil à Star qui hocha la tête, avant de se retourner vers moi. N'est-ce pas ?

– Oui, soufflai-je, en fermant les paupières pour retenir mes larmes.

Je réprimai le cri qui me déchirait la gorge, puis je rouvris les yeux.

– Oui, répétai-je, ne sachant plus si je lui avais déjà répondu ou non.

– Oh ! lâcha Misty.

Ses lèvres restèrent longtemps arrondies autour de son exclamation et ses yeux, agrandis, tant par ce qu'elle venait de comprendre que par le choc qu'elle en éprouvait.

– Je ne sais pas comment ça s'est passé pour vous, mais, moi, quand ça a commencé, j'ai été terrifiée. J'en ai aussitôt parlé à ma mère, mais elle m'a répondu : "Arrête de dire des bêtises !"

« "Mais ce n'est pas des bêtises, Mère. C'est vraiment ce qui m'arrive !" me suis-je rebellée, un samedi matin, au petit déjeuner.

« Mon père a posé son journal et m'a considérée avec curiosité, sans prendre ma défense pour autant. Il m'a juste jeté un coup d'œil étonné, et puis il a poursuivi sa lecture.

« "Tu es bien trop jeune, voyons ! m'a houspillée ma mère, en me lançant un regard noir. Avec toutes leurs publicités et leurs mannequins — si ça a quinze ans, c'est bien le bout du monde —, toutes les gamines d'aujourd'hui se prennent pour des femmes. Tu te fais des idées.

« – Non, c'est vrai ! me suis-je écriée, les larmes aux yeux. Je peux même te montrer."

« Et j'ai commencé à déboutonner mon chemisier. Elle a alors hurlé si fort et d'une voix si aiguë que ça m'a clouée sur place. Je n'osais même plus remuer le petit doigt.

« "Allons, Géraldine, calme-toi, est intervenu mon père, d'un ton égal. Elle ne comprend pas, voyons."

« Elle a dû se rendre compte de l'affligeant spectacle de harpie déchaînée qu'elle nous offrait parce qu'elle s'est aussitôt reprise.

« "On ne se dévêt jamais dans la maison, hors de sa propre chambre ou de sa propre salle de bains, m'a-t-elle sermonnée.

« – Eh bien ! monte avec moi dans ma chambre, alors. Je vais te montrer, lui ai-je proposé.

« – Ce n'est pas le moment, m'a-t-elle répliqué. Tu n'as pas fini ton petit déjeuner et tu vas être en retard à l'école. Allons ! dépêche-toi et ôte-toi ces sornettes de la tête, je te prie."

« J'ai lancé un regard de détresse à mon père, espérant qu'il viendrait de nouveau à mon secours, mais il a secoué la tête et s'est replongé dans la lecture de son journal.

« J'ai essayé d'en reparler à ma mère en rentrant de l'école, mais elle a, une fois de plus, refusé de m'écouter. Elle prétendait que c'était mon imagination qui me jouait des tours.

« "Le sexe : on ne voit que ça, aujourd'hui, pestait-elle. À la télévision, dans la rue, dans les films, dans les livres... Comment voulez-vous que ça ne contamine pas nos enfants ?" On aurait pu, à tout moment, la faire monter sur une estrade pour haranguer les foules. Son petit discours sur l'immoralité de la société actuelle était déjà tout prêt. Elle n'avait d'ailleurs pas employé le verbe "contaminer" par hasard. Ma mère pense que "le sexe" est une maladie contagieuse, une sorte de virus que l'on attrape simplement en respirant le même air que tous ces "débauchés" qui nous entourent. J'ai été élevée à grand renfort de sentences de ce genre. Elle m'a inculqué, dès mon plus jeune âge, sa façon de voir les choses. Il suffisait qu'une camarade de classe dise un mot ou fasse un geste que ma mère aurait jugé déplacé pour que je m'empourpre aussitôt, en portant la main à ma bouche pour étouffer une exclamation d'horreur.

Elles me regardaient toutes d'un air incrédule, les lèvres légèrement entrouvertes, les yeux écarquillés, comme si elles n'avaient jamais imaginé, jusqu'alors, qu'une fille comme moi pût encore exister.

– Je sais à quel point vous devez trouver ça stupide. Mais c'était vraiment une réaction spontanée.

« Toujours est-il que, quelques jours plus tard, j'ai entendu mon père traverser ma chambre pour entrer dans ma salle de bains pendant que je prenais mon bain. Comme je vous l'ai déjà dit, j'avais environ dix ans, à l'époque ; ce qui explique pourquoi j'étais si perturbée par ce qui m'arrivait. Mon corps était terriblement en avance et il ne semblait pas près de s'arrêter. Je me demandais si je n'étais pas anormale, si je n'allais pas devenir un monstre.

« "Alors, qu'est-ce que c'est que cette histoire dont tu as essayé de parler à ta mère, l'autre jour ?" m'a-t-il demandé, en s'approchant de la baignoire.

« Je me suis redressée pour lui montrer. Il a hoché la tête, puis m'a examinée comme un docteur, posant ses longues pattes d'araignée sur ma poitrine pour la palper.

« "On dirait bien que tu as raison, m'a-t-il dit, avec un sourire. Je vais en parler à ta mère. N'aie pas peur. Tu es plus précoce que les autres, c'est tout.

« – Précoce ? ai-je répété, ignorant le sens de ce mot.

« – Ça t'arrive un peu plus tôt qu'aux autres filles, m'a-t-il expliqué. Mais ça n'a rien de dramatique. Il n'y a vraiment là aucune raison de s'inquiéter."

« Il me parlait si doucement, si gentiment. J'en ai aussitôt éprouvé un immense soulagement. Pourquoi ma mère ne pouvait-elle pas se montrer aussi gentille, aussi affectueuse avec moi ?

« "Je peux t'assurer que tu vas devenir une très jolie jeune fille, une fille formidable, la petite fille chérie à son papa", a-t-il ajouté. Il ne m'avait jamais dit des choses comme ça avant. J'étais folle de joie. Je me souviens que je me disais : *Si papa m'aime encore plus, à cause de ça, ça doit vouloir dire que c'est bien.*

« Moins d'une semaine plus tard, ma mère venait me voir dans ma chambre. Je faisais mes devoirs. Elle est entrée et a soigneusement refermé la porte derrière elle.

« "Bon, a-t-elle dit d'un ton ferme, crispant les lèvres, puis les étirant jusqu'à ce qu'elles ne soient plus que deux lignes presque incolores. Montre-moi ce dont tu voulais me parler."

« J'ai tout de suite pensé que mon père avait tenu sa promesse. N'éprouvant plus, grâce à lui, aucune crainte, ni aucune honte, je me suis levée et j'ai déboutonné mon chemiser. Comme mon père l'avait fait, ma mère m'a examinée, mais contrairement à lui, elle a paru dégoûtée par ce qu'elle voyait. Elle faisait une telle grimace que j'ai vraiment cru être atteinte de quelque infirmité.

« "C'est normal, hein ? lui ai-je demandé d'une toute petite voix chevrotante, prise de panique devant son silence réprobateur.

« – Non, m'a-t-elle sèchement répondu. C'est beaucoup trop tôt. Et, en plus, ça se voit. Je n'aime pas ça du tout. Je vais t'acheter quelque chose de décent pour que tu sois convenable en allant à l'école demain." Et puis elle a tourné les talons et elle m'a laissée plantée là, rongée d'angoisse, persuadée que j'étais, à présent, vraiment un monstre.

« Le lendemain, elle me faisait enfiler ma première brassière. Mais mon développement s'est poursuivi à un rythme effréné et l'année scolaire n'était pas terminée que j'avais déjà des seins, de vrais seins. J'avais même le creux au milieu.

– C'est trop injuste ! glapit Misty. Ma mère me suggère de porter un soutien-gorge rembourré et toi, tu avais déjà le « V » Wonderbra en CM1 !

– Pourtant, ma mère refusait toujours de m'acheter un soutien-gorge, poursuivis-je, ne sachant que lui répondre. Quand je me plaignais de mal supporter ma brassière, elle en achetait une autre d'une taille supérieure, mais ça n'empêchait pas l'épais tissus élastique de me serrer, ni de me faire transpirer. Avec la sueur, ça me picotait partout et ça me provoquait de terribles démangeaisons. C'était un réel soulagement quand je pouvais enfin l'enlever pour me coucher.

« Quand je me plaignais, ma mère ne voulait rien entendre. Elle me disait de penser à autre chose, que c'était une question d'habitude. Si j'avais le malheur de lui dire que ça me picotait, que ça me chatouillait ou, pis encore, que ça me démangeait, elle devenait rouge écarlate et se mettait à hurler. Comment pouvais-je oser dire des choses pareilles à ma propre mère ? Comment pouvais-je seulement entretenir de telles pensées ? Un jour, elle m'a même giflée parce que j'avais eu l'impudeur d'évoquer mes "gratouillis" devant mon père. M'attirant prestement à l'écart, elle m'avait chuchoté : "Il est des choses dont les honnêtes femmes ne parlent pas devant les hommes, jamais. C'est compris ?"

« *Les hommes ?* Mon père était certes un homme, mais je ne le mettais pas dans le même panier que les autres : il était, avant tout, mon papa. Je me souviens combien cette façon de parler de mon père et le ton qu'elle avait employé m'avaient troublée. Presque comme s'il était l'homme à abattre, l'ennemi public numéro un. Et il fallait, de plus, lui cacher des choses, pour la simple et unique raison que c'était un homme ? Je me demandais ce qui se passerait si jamais elle apprenait notre "petit secret à tous les deux" ? Papa a brusquement semblé inquiet en nous voyant faire des messes basses, mais il a retrouvé son sourire dès qu'il a pu constater que je n'avais rien dit.

« Naturellement, j'opinais à tout ce que ma mère disait et j'essayais de régler ma conduite sur le modèle qu'elle m'imposait. Mais je ne pouvais pas empêcher les autres filles de la classe de parler de "vilaines choses" de temps à autre. J'ignorais tout de ce dont elles parlaient et je devais rester avec mes interrogations. Je me sentais si bizarre, par moments, et j'étais tellement angoissée par ces transformations que je ne comprenais pas. J'ai bien essayé de trouver des réponses dans les livres, mais, si jamais ma mère en trouvait un à la maison, elle le jetait immédiatement à la poubelle, quitte à ce que je le rembourse parce que c'était un livre que j'avais emprunté à la bibliothèque de l'école. Elle disait que ce genre de "torchon" n'avait pas sa place dans une bibliothèque scolaire, à plus forte raison dans une école catholique.

« Un jour, j'ai essayé de lui en cacher un. C'est comme ça que j'ai découvert que ma mère fouillait quotidiennement ma chambre à la recherche de tout livre, magazine, fascicule ou autre "de nature libidineuse ou subversive". Elle regardait même sous mon matelas !

– Ma parole ! s'exclama Star. Ce n'est plus une maison, c'est une véritable prison !

– Il m'est arrivé de le penser, oui, confessai-je.

– Ma chambre est mon domaine. Ni ma mère ni mon père ne se permettraient d'y entrer en mon absence, affirma Jade. Ce serait violer mon intimité. En dépit de notre jeunesse, nous sommes des personnes à part entière, nous aussi. Simplement parce que nous n'avons pas encore dix-huit ans, nous ne devrions être considérées que comme quelque créatures inférieures ? Mais c'est d'un ridicule achevé !

– Bien dit ! applaudit Misty.

– Mais, à ce moment-là, j'avais bien d'autres sujets d'inquiétude, repris-je. J'étais, notamment, plus émotive que jamais. Il m'arrivait parfois de me jeter sur mon lit, en larmes, et de pleurer pendant des heures sans savoir pourquoi. Les larmes me montaient aux yeux subitement et se mettaient à ruisseler sur mes joues sans crier gare. Je tressaillais tout à coup et je me mettais à sangloter, brusquement submergée de désespoir. Si ma mère m'entendait, en passant devant la porte de ma chambre, je ne m'en suis jamais aperçue. Non seulement les confidences l'embarrassaient, mais toute forme de conversation privée la dégoûtait. J'avais pourtant tellement besoin d'être écoutée, conseillée, rassurée. Je me sentais tellement perdue. Et son comportement à mon égard ne faisait que me rendre les choses plus difficiles encore.

– Et ton père ? me demanda Star. Après tout, il t'avait bien dit que tu étais sa « petite fille chérie », non ?

– Mon père était très occupé, à cette époque. Il avait changé de société — de « maison de titres » comme il disait — et devait reprendre ses marques, donner confiance aux nouveaux clients et conserver ceux qu'il avait amenés avec lui.

« En dehors de ça, notre vie était réglée comme du papier à musique. Chaque jour était identique au précédent : semaine ou week-end, je ne faisais même plus la différence. Mon développement prématuré n'y avait rien changé, si ce n'est que je me sentais encore plus seule. J'avais de moi-même une image extrêmement négative. Je me considérais vraiment comme un monstre, et je ne connaissais aucun moyen d'y remédier, si ce n'est de ne pas y penser. J'essayais de faire ce que ma mère attendait de moi, mais j'avais l'impression d'être comme un élastique que l'on tend, que l'on tend et je sentais qu'un jour ou l'autre j'allais craquer.

– N'avais-tu vraiment aucune amie à qui parler ? s'apitoya Misty.

– J'étais absolument incapable de me confier à qui que ce soit. Dès que la conversation prenait un tour trop personnel, je me refermais comme une huître, terrifiée. Les autres filles s'en étaient vite rendu compte et, la plupart du temps, elles s'en amusaient, se faisant une joie de me choquer ou de me faire fuir. Chaque fois que l'une d'entre elles faisait, d'une façon ou d'une autre, allusion à quelque chose ayant trait au sexe ou aux garçons, je sentais tout mon corps se raidir et mes oreilles bourdonner. Je trouvais alors, généralement, une excuse pour m'éclipser. Je suppose que, par ma propre attitude, je ne faisais que renforcer l'image de fille louche et un peu demeurée que les autres avaient de moi. Personne ne recherchait ma compagnie et n'aurait, à plus forte raison, voulu de mon amitié.

« Croyez-vous vraiment que je n'en souffrais pas ? Les autres filles allaient les unes chez les autres. Elles donnaient des fêtes auxquelles je n'étais jamais invitée. Je n'allais jamais au cinéma. J'avais l'impression d'être de l'autre côté du mur, un mur de verre derrière lequel je voyais le monde tourner, les gens exister, la vie bouger, la vraie vie.

« Un soir que j'étais en train de prendre mon bain, je me suis mise à sangloter si fort que l'eau faisait des vagues. Mère était en bas, occupée à ses "travaux d'aiguille". Soudain, j'ai entendu la porte de ma chambre s'ouvrir et se refermer et, l'instant d'après, papa apparaissait sur le seuil de ma salle de bains.

« "Eh bien ! mais qu'est-ce qui se passe ? m'a-t-il demandé doucement. Pourquoi pleures-tu, Cathy ?"

« J'ai secoué la tête, incapable d'articuler le moindre mot. De toute façon, je ne comprenais pas moi-même la raison de mon chagrin. Comment aurais-je pu le lui expliquer — à lui ou à n'importe qui d'autre, d'ailleurs ?

« Il a aussitôt remarqué les marques rouges sous ma poitrine et mes aisselles.

« "Qu'est-ce que c'est que ça ? m'a-t-il dit, d'un air inquiet. Des plaques d'eczéma ?"

« Il s'est approché pour mieux voir.

« "Non, lui ai-je répondu. C'est à cause des brassières que Mère veut que je porte.

« – Tss ! tss ! tss ! a-t-il soupiré, en secouant la tête. La pauvre petite fille chérie à son papa !"

« Il s'est redressé pour aller prendre un pot de cold-cream dans le placard. Il a commencé par me tamponner le torse et les aisselles avec une serviette pour bien me sécher, puis il m'a dit de ne plus m'occuper de rien, de m'adosser et de me détendre pendant qu'il posait de petites quantités de crème un peu partout, puis l'étalait consciencieusement.

« "Là, là, murmurait-il, tout en faisant glisser ses longues pattes d'araignée autour, sous et sur ma poitrine. Ça va mieux, maintenant ?"

« Ça faisait effectivement du bien. Mais, quand j'ai soulevé les paupières, j'ai vu dans ses yeux un regard si brûlant, si bizarre que j'ai eu peur, sur le moment. Et puis, il s'est remis à me parler tout doucement, me promettant d'en "toucher un mot à ma mère", selon son expression, et mon malaise s'est dissipé.

« Il s'est relevé, puis s'est penché pour m'embrasser sur le front. Les baisers étaient si rares, chez moi, que chacun d'eux était, pour moi, comme un don du ciel que je conservais précieusement dans mon cœur, tel un joyau dans un coffre-fort, un coffre-fort d'amour. Il n'était pas près d'être plein, le mien, en tout cas !

« Si mon père avait effectivement parlé du problème des brassières à ma mère, ça n'avait pas l'air de l'avoir marquée. Elle ne m'a jamais posé de question à ce sujet et n'a jamais cherché à voir les irritations dont je me plaignais. Car je continuais à me plaindre pratiquement tous les jours, mais, chaque fois, elle me répétait ce qu'elle m'avait toujours dit : que le moment n'était pas encore venu pour moi de porter autre chose ; que, si je m'y risquais, ça ne ferait qu'attirer l'attention sur moi, m'exposant ainsi à des regards et à des commentaires qui ne feraient que m'embarrasser et me faire souffrir davantage.

« J'ai pourtant fini par me rebeller pour de bon, refusant tout net de porter un jour de plus ces infernales brassières. Quand elle a vu que j'étais prête à aller à l'école sans rien sous mon chemiser, elle a capitulé et m'a enfin acheté un soutien-gorge. Mais on aurait dit qu'ils rapetissaient aussitôt qu'elle les renouvelait. Ça la mettait hors d'elle.

« Un jour, elle a même parlé de m'emmener chez le médecin. Vous savez déjà combien elle devait être désespérée pour en arriver à cette extrémité !

« "Peut-être y a-t-il quelque chose d'affreusement anormal avec tes hormones", m'a-t-elle dit, me terrifiant de plus belle. À l'entendre, j'allais devenir si grosse que je finirais dans un cirque. J'ai aussitôt passé la bibliothèque de l'école au peigne fin en quête d'un livre qui puisse m'expliquer ce qui m'arrivait et comment freiner l'horrible processus.

« En sixième, nous avions un cours d'éducation sexuelle. Mais le sujet était traité de façon si vague et si générale que je n'ai pas découvert grand-chose — qui se rapportait à mon cas particulier, du moins. Sœur Anne n'acceptait aucune question trop explicite, ni "hors programme", comme elle les qualifiait. J'ai plus appris en écoutant les filles parler dans les toilettes et dans les vestiaires qu'en classe, mais jamais assez, hélas ! pour me rassurer.

« Le seul moment où je ne me sentais pas monstrueuse, c'était quand papa venait me voir. Il voulait vérifier que mes irritations n'étaient pas réapparues, me disait-il. Il pensait qu'il valait mieux remettre de la crème par sécurité. Il semblait toujours déceler une rougeur quelque part, même quand je n'en avais vue aucune.

« Un jour, après le bain, il m'a demandé de m'allonger sur mon lit, sur le ventre, et il m'a massée avec de l'huile pour le corps qui me ferait la peau toute douce, m'a-t-il assuré. Il m'en a mis… partout. Comme je pouffais parce que ça me chatouillait, il m'a dit de retenir mon souffle. Il ne fallait pas que ma mère nous entende. "Tu ne voudrais pas trahir notre petit secret, n'est-ce pas ?" m'a-t-il chuchoté à l'oreille.

Je me suis interrompue pour reprendre haleine. J'avais parlé très vite, d'une seule traite. Si cela durait trop longtemps, je sentais que je m'arrêterais avant la fin et je savais que, si j'avais le malheur de m'arrêter, je n'aurais jamais le courage de reprendre.

Au même moment, un bruit de verres qui s'entrechoquaient se fit entendre dans le couloir. L'instant d'après, Emma s'encadrait dans la porte avec son fardeau quotidien : cinq verres, un pichet de citronnade et une assiette de petits gâteaux secs, le tout artistiquement disposé sur un plateau. Elle portait, ce matin-là, un joli chemisier crème à col de dentelle avec une jupe bleu marine qui lui frôlait les chevilles. Elle s'était, de plus, légèrement maquillée et soigneusement coiffée. Bien lissé et épinglé, pas un cheveu ne dépassait.

– Bonjour tout le monde ! s'exclama-t-elle, joviale. Désolée de ne pas avoir été là pour vous accueillir, mais j'avais un rendez-vous chez le dentiste. Un très mauvais moment à passer, pour tout vous avouer. Je vais devoir me faire dévitaliser une dent et je suis déjà morte de peur.

Son visage s'était subitement rembruni et la brusque crispation de tous ses traits exprimaient assez l'angoisse qui la rongeait.

– Bah ! ce n'est pas la fin du monde, plaisanta-t-elle, pourtant, en nous offrant son plus large sourire.

Toutes les filles la regardaient fixement sans répondre. Je savais à quoi elles pensaient : Emma avait une poitrine qui faisait pratiquement le double de la mienne et j'entendais déjà les quolibets du style : « Ils sont si gros que, quand elle va quelque part, ils arrivent toujours dix minutes avant elle ! » Je les connaissais tous. On faisait souvent ce genre de commentaires sur mon passage. Les garçons, surtout. Est-ce que j'allais devenir comme elle ? Est-ce que c'était ce qui m'attendait ?

Elle posa le plateau sur la table et recula.

– Avez-vous besoin d'autre chose, docteur Marlowe ? demanda-t-elle à sa sœur.

– Non merci, Emma.

– Eh bien ! tout le monde semble joyeux, ce matin, en dépit de ce vilain temps, reprit-elle, en souriant de plus belle.

Embarrassée, tout à coup, par notre mutisme prolongé, elle ajouta précipitamment :

– Je vais m'occuper du déjeuner.

Elle jeta un rapide coup d'œil à sa sœur, puis sortit à pas pressés.

– Allez-y, Mesdemoiselles, piochez ! nous dit le Dr Marlowe, en se levant. J'ai juste un petit coup de fil à passer.

Elle m'adressa un chaleureux sourire et se dirigea vers son bureau. Star se servit un verre de citronnade. Misty prit un cookie, puis me tendit l'assiette. J'ai secoué la tête.

– Non merci. Je vais juste boire un peu.

– Comment ça se fait qu'elle est si coincée ta mère ? me demanda Star.

Malgré moi, j'ai aussitôt pensé : *Même Star n'ose plus m'interroger sur mon père !*

– Il lui est sans doute arrivé quelque chose qui l'a marquée dans son enfance, conjectura Jade. Elle a peut-être... peut-être été violée quand elle était petite ? hasarda-t-elle, prise d'une inspiration soudaine. Est-ce que c'est ce qu'il s'est passé ? A-t-elle été violée ?

– Je ne sais pas, lui répondis-je. Même si c'était le cas, elle ne me le dirait jamais. Si elle ne m'a pas parlé du bébé qu'elle avait perdu, il y a peu de chance pour qu'elle me parle d'une chose pareille. Je vous ai déjà expliqué sa façon de penser et comment elle réagissait dès qu'on abordait, devant elle, ce genre de sujet.

– Elle a plus besoin d'un psychiatre que toi, assena-t-elle. Ou qu'aucune d'entre nous, d'ailleurs.

– Elle a eu sa visite réglementaire chez le Dr Marlowe, lui fis-je remarquer, exactement comme vos parents. Mais elle ne croit pas à la psychothérapie. Elle a même failli ne pas m'amener ici, aujourd'hui.

– Ben voyons ! railla Star. Le coup du linge sale en famille ou un truc dans le genre.

J'ai hoché la tête avec un sourire entendu.

– Tu ne peux pas rester comme ça, Cat, me dit-elle, soudain grave. Il te faut des amis, un soutien. Tu as besoin d'aide.

– Peut-être qu'on pourrait devenir tes amies, nous, proposa gentiment Misty.

– Nous ! s'écria Star. On est là parce qu'on est paumées, non ? Ce serait comme dans la parabole : l'aveugle qui mène l'aveugle. Elle a besoin d'amies normales, pas de filles à problèmes comme nous.

– Mais je suis normale ! s'indigna Jade. Tout aussi normale que la plupart des gens, si ce n'est plus.

Star arqua un sourcil.

– On a entendu ton histoire. Alors, n'essaye pas de nous faire croire que tu es « plus normale » que qui que ce soit.

Avant que Jade n'ait eu le temps de répondre, elle ajouta :

– Et tu as entendu la nôtre. Alors inutile de prétendre qu'on ne se trimballe pas une flopée de casseroles derrière nous, O.K. ?

– Nous n'en pouvons pas moins devenir ses amies, insista Jade.

– Et si elle ne voulait pas, elle, qu'on devienne ses amies, s'insurgea Star, les mains sur les hanches. Faut toujours que Sa Majesté vienne fourrer son nez friqué dans les affaires des autres, pas vrai, Princesse Jade ?

– Tu crois peut-être me connaître parce que tu as assisté à trois séances de thérapie en ma compagnie ? Mais tu ne sais pas tout. Et, assurément, pas assez pour te permettre de me juger — moi ou n'importe qui d'autre, d'ailleurs. S'il y a quelqu'un d'arrogant ici, ce n'est pas moi, c'est toi !

– Mais oui, tu as raison. Tu as toujours raison, persifla Star.

Elle se tourna vers moi.

– Bon. Tu nous as toutes entendues raconter nos salades, me dit-elle. Y en a-t-il une seule, parmi nous, que tu voudrais avoir pour amie ?

– Oh oui ! et même plus d'une. J'aimerais bien que vous deveniez toutes mes amies.

Jade mordit dans son cookie avec un petit sourire satisfait, un éclair de triomphe dans les prunelles. Star leva les yeux au ciel.

– Tu es peut-être déjà irrécupérable. Peut-être qu'on l'est toutes, reprit-elle. Comment tu nous as appelées, déjà, Misty ? Le Club des Orphelines Avec Parents, c'est bien ça ?

Misty hocha la tête en riant.

– O.K... Alors, j'annonce officiellement la fondation du COAP avec Jade comme présidente.

– Adjugé ! s'enthousiasma Misty, hilare.

– Qui a dit que je voulais être présidente de quoi que ce soit ? s'insurgea Jade.

– Il faut toujours que tu brilles plus que tout le monde. Tu veux toujours être la première partout. Pas besoin d'être Einstein pour comprendre ça.

Jade la fusilla du regard un moment, puis sembla réfléchir et, finalement, hocha résolument la tête.

– D'accord, j'accepte la présidence.
– Attendez, là ! intervint Misty. Il faut que tout le monde vote. Que celles qui sont pour lèvent la main.

Quatre mains se levèrent en même temps.

– Élue à l'unanimité, conclut Star. On est donc toutes membres officiels du COAP et Jade est notre présidente.

Nous saluâmes ce beau consensus d'un éclat de rire général. Ce fut ce moment que choisit le Dr Marlowe pour revenir parmi nous. Elle jeta un regard circulaire avant de s'asseoir, un sourire amusé aux lèvres.

– Aurais-je raté quelque chose d'important ? demanda-t-elle.

– Oh non ! la rassura Star. Juste une élection.

L'expression d'incompréhension manifeste de notre psychiatre ne fit que redoubler notre hilarité.

Tu peux le faire, ne cessais-je de me répéter intérieurement. Je bus une gorgée de citronnade. *Tu peux le faire.*

5

— Il m'est arrivé quelque chose d'épouvantable quand j'étais en quatrième, repris-je, après avoir laissé à chacune le temps de déguster tranquillement ses cookies et sa citronnade, puis de se caler confortablement contre le dossier du canapé.

Indécise, je lorgnai vers le Dr Marlowe. Pas plus qu'aux autres, elle ne m'avait donné d'instructions sur ce que je devais ou ne devais pas dire. Apparemment, elle ne savait pas vraiment, elle-même, jusqu'où nous pouvions aller, mais elle paraissait d'autant plus impatiente de le découvrir.

— Avec le recul, ce n'était peut-être pas aussi horrible que ça, mais, sur le moment... Il m'a fallu très longtemps avant de parvenir à en parler, y compris à mes parents. Aujourd'hui encore, ma mère ignore tout de cet... incident. Elle aurait encore trouvé le moyen de faire retomber la faute sur moi. J'en souffrais déjà suffisamment sans ajouter la culpabilité à la honte. Quant à mon père, si je lui en parlais, je craignais qu'il ne me trahisse, ne serait-ce que par inadvertance. Alors, j'ai avalé mon secret, comme on avale en grimaçant un remède au goût amer, et je l'ai gardé tout au fond de moi, bien qu'il n'ait cessé de me revenir depuis, telle une nourriture avariée, me laissant, chaque nuit, le corps baigné de sueur froide et le visage inondé de larmes.

Aucune des filles ne disait mot. Tout juste si elles osaient respirer. Il régnait un tel silence qu'à un moment on put percevoir, à plusieurs rues de distance, par-delà les hauts murs d'enceinte, le ronronnement sourd des aspirateurs-souffleurs, ces machines qui servaient à ôter les feuilles déparant les immenses pelouses des riches propriétés de ce quartier résidentiel huppé. Ce bruit, monotone et étouffé, faisait un parfait contrepoint à la grisaille du jour, un jour morne tombant d'un ciel plombé.

– C'était quoi déjà ? lâcha Misty.

Jade lui donna discrètement un coup de pied et elle se rencogna sur-le-champ contre son accoudoir en se mordant la lèvre.

J'ai fait celle qui n'avait rien entendu.

– Chaque fois que j'avais la chance qu'une fille de l'école s'intéresse suffisamment à moi pour rechercher un tant soit peu ma compagnie, ma mère trouvait le moyen d'étouffer cette amitié dans l'œuf. Elle avait regardé un débat à la télévision sur "les problèmes des jeunes dans notre société moderne" et elle en avait conclu que "tout ce qui se passait de nos jours n'arriverait pas, si les jeunes n'avaient, les uns sur les autres, une plus grande influence que les parents n'en avaient sur leurs propres enfants".

« "L'autorité familiale ne fait pas le poids, face à la pression du groupe", nous a-t-elle assené, un soir, comme s'il s'agissait là d'une découverte majeure. Je crois bien que c'était la première fois que j'entendais ma mère mener une discussion à table. Elle avait été tellement enthousiasmée par ce débat qu'elle ne cessait d'en parler à mon père qui, bien que trouvant manifestement le sujet d'un ennui mortel, l'écoutait poliment et, comme d'habitude, acquiesçait à tout ce qu'elle disait.

« Après cette fameuse émission, dès que j'avais la mauvaise idée de mentionner le nom d'une fille, à la maison, ma mère me faisait subir un interrogatoire en règle — elle aurait pu en remontrer aux tribunaux de l'Inquisition, c'est dire. Je me souviens, quand il m'arrivait de regarder ces retransmissions de procès à la télévision, j'imaginais toujours ma mère dans le prétoire, interrogeant les témoins, les mitraillant de questions insidieuses, le regard braqué sur leur visage pour saisir le moindre mouvement révélateur : un frémissement des lèvres, peut-être, ou cette façon qu'ont, selon elle, les coupables de détourner les yeux quand on les met face à la vérité.

« On ne ment pas à ma mère. S'il y a une chose qu'on ne fait pas avec elle, c'est bien ça, renchéris-je, avec une conviction qu'on aurait pu aisément prendre pour de la fierté.

– Il faut pourtant savoir mentir à ses parents, de temps à autre, objecta Jade.

Misty hocha la tête.

– Jade a raison. C'est mieux pour tout le monde. Et puis, c'est autant de soucis en moins pour eux : on ne s'inquiète pas de ce que l'on ne sait pas.

– Avec ma mère, c'était carrément le contraire, railla Star. Elle aurait eu le nez dessus qu'elle n'aurait pas été fichue de reconnaître la vérité. Par cont...

Elle jeta un regard en coin à Jade, s'attendant sans doute à une nouvelle réflexion de sa part, et se reprit aussitôt :

– En revanche, ça, pour mentir, elle s'y entendait ! Elle nageait dans le mensonge comme un poisson dans l'eau.

– Est-ce que tu lui as menti-menti ou est-ce que c'était juste un mensonge par omission ? me demanda Misty, recouvrant aussitôt son petit sourire espiègle. C'est la façon dont je me tire d'affaire, parfois, confessa-t-elle, d'une voix rieuse.

– Je crois que j'ai fait un peu des deux. Mais pas au début. J'étais bien trop nerveuse, et puis j'avais bien trop peur d'elle pour ça. Comme je l'ai déjà dit, il suffisait que je laisse échapper le nom d'une fille de l'école pour qu'elle interrompe immédiatement ce qu'elle était en train de faire pour se tourner vers moi.

« "Comment se fait-il que tu te sois retrouvée seule avec elle ? Ça s'est passé où, ça ? Et qu'est-ce qu'elle t'a dit exactement ? Et pourquoi elle t'a dit ça ? Et qu'est-ce qu'elle entendait pas là ? Et que font ses parents ? Et où habite-t-elle ? À quoi ressemble-t-elle ?..."

« J'avais droit à un véritable tir de barrage. Je n'avais pas le temps de répondre à une question qu'elle enchaînait déjà la suivante. Et moins je semblais en savoir sur l'intéressée, plus ça se passait mal. Habituellement, elle finissait par m'interdire de lui adresser la parole et, croyez-moi, j'avais intérêt à me souvenir de ne plus jamais prononcer son nom à la maison.

Jade se retourna d'un bloc vers le Dr Marlowe.

– Comment pouvez-vous la laisser vivre sous le toit d'un tel monstre ? s'insurgea-t-elle, ulcérée. Elle la bat ; elle l'empêche de se faire des amies ; elle lui fait honte de son propre corps et la traite comme une pestiférée. Pourquoi n'alertez-vous pas les autorités compétentes ?

Le Dr Marlowe ferma les yeux, le temps de pousser un profond soupir, puis laissa un doux sourire s'épanouir sur ses lèvres.

– Cathy a encore beaucoup à dire. Tu devrais l'écouter jusqu'au bout, avant de tirer la moindre conclusion, Jade. Tu n'aurais pas aimé qu'il en ait été autrement pour toi, n'est-ce pas ?

Jade se retourna vers moi, les yeux flamboyant de colère.

– Ta mère est une véritable nazie ! cracha-t-elle à mi-voix.

J'ai préféré ne pas lui répondre. De toute façon, j'en aurais été bien incapable, trop occupée que j'étais à refouler mes haut-le-cœur. J'ai respiré profondément pour me reprendre et je suis finalement parvenue à poursuivre mon récit :

– Il y avait cette fille à l'école : Kelly Sullivan. Son père travaille pour l'évêché. Il a une fonction administrative quelconque. Je crois qu'il est administrateur de biens ou quelque chose comme ça. Quant à sa mère, elle est clouée dans un fauteuil roulant par une sclérose en plaques. Ils vivent dans une jolie maison façon ranch, à dix minutes de chez nous en voiture.

« Kelly a de beaux yeux verts et des cheveux roux. Elle était beaucoup plus menue que moi, à l'époque. Plus mince, je devrais dire. Mais toutes les filles de mon âge étaient beaucoup plus minces que moi, en quatrième, de toute façon. Elle était obsédée par ses taches de rousseur. Elle les avait prises en horreur. Ses joues en étaient constellées et elle en avait même sur le menton. Elle était si jolie, pourtant ! Mais, à cause de ces fameuses taches de son, elle se trouvait affreuse. Chacune avait donc son problème. Ses parents étaient aussi stricts que les miens, question maquillage : elle n'avait pas le droit à la moindre touche de rouge à lèvres. Ces quelques points communs nous avaient rapprochées et, comme elle semblait apprécier ma compagnie, j'ai caressé, quelque temps, l'espoir qu'elle puisse devenir ma meilleure amie. Nous bavardions souvent ensemble, à la cantine, et nous étions voisines dans trois cours. Elle avait, certes, d'autres copines, mais elle ne semblait pas si populaire que ça. En fait, elle semblait très timide — du moins, à l'école. Quand je l'ai présentée à ma mère, Kelly s'est montrée si polie, si charmante, que Mère a tout de suite été conquise. Elle a même manifesté si clairement son approbation et le plaisir qu'elle éprouvait à la recevoir que j'en suis devenue jalouse.

« Kelly avait encore un corps de petite fille, vous comprenez, et ma mère trouvait ça bien. Elle trouvait ça normal. Et puis, Kelly se confondait en "merci" et en "s'il vous plaît". Bref, c'était exactement le genre de fille que ma mère aurait rêvé d'avoir. J'avais tellement parlé d'elle, à la maison, et en des termes si élogieux que ma mère avait fini par accepter que je l'invite à la maison, un après-midi. J'appréhendais sa venue, pourtant. J'avais peur de l'attitude de ma mère à son égard : je craignais qu'après avoir été passée à la question pendant plus d'une demi-heure, Kelly ne veuille plus me parler. Mais j'aimais bien Kelly et je désirais vraiment m'en faire une amie. Alors, j'étais prête à prendre le risque. Parce que, je savais pertinemment que, sans la bénédiction de ma mère, je n'y arriverais jamais. C'est pour ça que j'étais si anxieuse en l'amenant à la maison.

« Cependant, à ma grande surprise, ma mère a semblé l'apprécier plus encore que je n'aurais osé l'espérer. Elle paraissait même ravie que la mère de Kelly soit infirme — ne me demandez pas pourquoi : ça me dépasse — et, plus encore, que son père soit au service de l'Église.

« Elle n'en a pas moins été très réticente quand Kelly a commencé à m'inviter chez elle pour préparer des devoirs. La première fois, elle a accepté, à condition que je ne reste pas plus de deux heures "chez ces gens-là". Deux heures pile après mon arrivée, j'entendais la voiture se garer dans l'allée. Je n'avais pas refermé la portière qu'elle me mitraillait déjà de questions pour savoir ce qui s'était passé chez "ma petite camarade", exigeant un compte rendu détaillé, à la minute près.

« Nous avions certes travaillé, mais nous avions aussi écouté des disques et bavardé au téléphone avec d'autres filles de l'école et même avec quelques garçons. La mère de Kelly était une femme adorable et j'enviais la relation, faite de confiance mutuelle et d'affection partagée, qu'elles entretenaient l'une avec l'autre. J'en venais presque à souhaiter que ma mère se retrouve dans un fauteuil roulant, elle aussi. Je me disais : *Si elle était gravement malade, peut-être qu'elle serait plus aimante ?* Mais, aussitôt après, je me détestais d'avoir seulement osé penser une chose pareille.

– Elle ne pourrait plus être aussi méchante, si elle dépendait entièrement de toi, assurément, maugréa Jade.

– Ça, c'est sûr, approuva Star.

Mais je ne voulais pas en parler. J'avais encore honte d'avoir pu ne serait-ce qu'y songer.

– Le père de Kelly était très gentil, lui aussi, repris-je aussitôt pour changer de sujet. Et puis ça se voyait tellement qu'il aimait sa femme : il était constamment à ses petits soins.

« Toujours est-il que, quand je lui ai demandé si je pouvais aller dîner chez Kelly, ce fatidique vendredi soir, probablement parce que j'y étais déjà allée plusieurs fois sans que rien d'aussi terrible qu'elle ne l'avait imaginé ne se soit passé, ma mère s'est montrée un peu moins soupçonneuse qu'à l'accoutumée.

Je me suis tournée vers Misty.

– Ce n'était pas tout à fait vrai. Enfin, je devais vraiment aller manger chez Kelly, mais, en l'occurrence, « dîner » était un bien grand mot. En fait, il était prévu que nous nous ferions livrer des pizzas. Et puis, Kelly avait invité d'autres filles et même quelques garçons.

– C'était une fête, alors, en conclut Misty.

– J'imagine qu'on peut dire ça comme ça. Mais, comme je n'avais jamais été invitée à une fête, je ne pouvais pas savoir comment on appelait ce genre de soirée. À vrai dire, Kelly ne m'avait pas donné tous les détails. J'ignorais, notamment, qu'il y aurait des garçons. Je ne l'ai appris que l'après-midi même. J'en ai eu un coup au cœur. J'ai vraiment été prise de panique. J'étais terrifiée à l'idée que ma mère puisse le découvrir. Et si les garçons arrivaient en même temps que nous chez Kelly ? Et si, au premier regard que ma mère porterait sur moi, quand je rentrerais de cours, ce maudit détecteur de mensonges qu'elle avait dans la tête se déclenchait ? J'ai bien essayé de l'éviter le plus possible en me calfeutrant dans ma chambre, dès mon arrivée, mais elle m'a appelée et m'a ordonné de descendre. Je n'aurais pas dû me faire autant de souci, pourtant, parce qu'elle avait d'autres préoccupations autrement importantes : elle avait, notamment, décidé de me réciter toute une liste de recommandations propres à m'édifier quant à la conduite à tenir en pareilles circonstances.

« J'étais assise là, les mains croisées sur les genoux, tandis qu'elle se tenait debout devant moi, doctorale. La scène se déroulait dans le salon. Mon père n'était pas encore rentré du bureau — il s'arrêtait parfois au pub avec un de ses associés pour célébrer, ou, au contraire, noyer dans l'alcool, les résultats, glorieux ou désastreux, des cours de la Bourse.

« "Nous ne disons pas le bénédicité tous les soirs avant de dîner, s'est lancée ma mère. Mais c'est un tort. C'est la faute de ton père et non la mienne. Quoi qu'il en soit, n'aie pas l'air d'une gourde, le moment venu, et ne leur laisse surtout pas soupçonner que nous ne respectons pas les convenances. Ça ne regarde personne. Baisse la tête et veille à articuler distinctement et audiblement ton 'Amen' à la fin, c'est compris ?

« – Oui, Mère", lui ai-je répondu, les yeux braqués sur la porte, en essayant de ne laisser paraître aucune émotion, de peur qu'elle ne lise la culpabilité sur mon visage.

« "Et ce n'est pas parce que sa mère est dans un fauteuil qu'il faut la regarder avec insistance.

« – Mais, Mère, jamais je ne ferais une chose pareille !" me suis-je indignée.

« "Nous ne respectons pas non plus l'étiquette à table, a-t-elle poursuivi, trop absorbée par son cours magistral pour m'entendre, sans doute. Non pas que je t'aie jamais permis le moindre laisser-aller ou la moindre incorrection. Seulement, ton père n'a jamais voulu se plier aux contraintes d'un dîner en bonne et due forme. J'ai tout préparé dans la salle de séjour. Suis-moi."

« J'ai été surprise du mal qu'elle s'était donné pour me faire sa démonstration. Elle s'était procuré un ouvrage sur les règles de savoir-vivre et l'avait ouvert à la première page du chapitre intitulé : "L'art de recevoir". Elle avait sorti toutes les pièces d'argenterie de la maison, son "beau service en porcelaine" — que je n'avais encore jamais vu hors du buffet — et des serviettes en linge fin, brodées d'un monogramme, probablement issues de son trousseau de mariage.

« "Assieds-toi", m'a-t-elle intimé, en pointant l'index sur ma chaise. Elle a ensuite pris le livre, le tenant dans ses paumes ouvertes, tel un prédicateur lisant la Bible. Quand elle a commencé son sermon, on se serait presque cru à la messe.

« "Tu es censée savoir que les couverts sont placés dans l'ordre dans lequel ils sont utilisés, les premiers étant situés le plus loin de l'assiette. La fourchette de table traditionnelle ou fourchette à viande — qu'ils n'auront peut-être pas mise, puisque nous sommes vendredi — est placée immédiatement à gauche de l'assiette, puis vient la fourchette à poisson, qui sera, normalement, utilisée en premier. Immédiatement à droite de l'assiette se trouve le couteau à viande — qui, je le répète, ne sera peut-être pas sorti — puis, le couteau à poisson et, enfin, la cuillère à potage. Les couverts à dessert devraient être apportés en même temps que l'assiette à dessert, posés dessus, mais ils peuvent les avoir sortis à l'avance : je ne peux pas savoir jusqu'à quel point ils se conforment aux usages, évidemment. Dans ce dernier cas, ils seront placés entre les verres et le bord supérieur de l'assiette. Ils comprennent, dans l'ordre : un couteau à fromage, une cuillère à entremets, une fourchette et un couteau à fruits. Tu sais que la soucoupe placée à ta gauche te sert à poser ton pain. Le plus grand verre, à gauche, est le verre à eau — mais j'imagine que, pour des filles de votre âge, il n'y en aura qu'un. N'oublie pas : ne mets pas les coudes sur la table, ne fais pas de bruit en mangeant ta soupe et ne parle pas la bouche pleine. Des questions ?"

« "Non, Mère", suis-je parvenue — je ne sais comment — à articuler, en dépit de la gêne qui me nouait la gorge.

« Intérieurement, je mourais de honte. La voir se donner cette peine alors que nous allions juste ouvrir quelques boîtes de pizza et manger dans de vulgaires assiettes en carton, en buvant du soda dans des gobelets en plastique ! J'étais d'autant plus terrifiée à l'idée qu'elle découvre la vérité. Non seulement, elle serait outrée que je lui aie menti, mais, en plus, elle serait mortifiée et m'accuserait d'avoir voulu la ridiculiser.

« Quand est arrivé le moment de partir, je tremblais tellement que je claquais des dents. J'avais peur qu'elle ne veuille entrer avec moi chez Kelly. Par chance, ma mère est aussi timide que moi et elle s'est contentée de me suivre des yeux tandis que je sortais de la voiture.

« "Appelle-moi quand il sera l'heure de venir te chercher. Et n'oublie pas : ce n'est pas parce qu'on est bien reçu qu'il faut s'incruster. Sache prendre congé au bon moment et remercie tes hôtes avec amabilité. Oh ! Et essuie-toi la bouche après chaque bouchée et dis toujours 's'il vous plaît' et 'merci' quand on te passe quelque chose à table. Et ne parle que si on t'adresse la parole, a-t-elle encore ajouté.

« – D'accord", ai-je marmonné, tête basse, avant de me précipiter vers la porte d'entrée, en priant pour qu'elle ne croise personne en partant. Mais ça ne risquait pas de se produire, pour la bonne et simple raison que tout le monde était déjà arrivé. Ce que j'ignorais, c'était que les parents de Kelly n'étaient pas là, eux, en revanche. Son père avait emmené sa mère dîner au restaurant.

« En fait, quand Kelly m'a ouvert la porte, la musique était si tonitruante que j'ai craint qu'elle ne parvienne jusqu'à la voiture de ma mère.

« J'ai été choquée en voyant Kelly, aussi. C'était comme si j'avais une inconnue devant moi. Elle portait un jean délavé ; elle avait noué son chemisier à la taille, découvrant partiellement son ventre, et elle était pieds nus. Et moi qui avais mis ma tenue du dimanche !

« "C'est elle ! C'est elle !" s'est écriée Kelly, rameutant ses invités qu'elle avait réunis dans sa chambre.

« Tout le monde a ri en me voyant plantée là, bouche bée, et s'est moqué de la façon dont j'étais habillée. Il faut dire qu'ils étaient tous en jean et en tee-shirt. Je ne connaissais pas les garçons, évidemment, mais Kelly s'est empressée de faire les présentations. J'étais bien trop nerveuse pour retenir leur nom de famille et je ne me souviens que de leur prénom. Michael était grand et élancé avec des cheveux et des yeux bruns. Tony était plus petit, plus trapu aussi, avec des cheveux châtain clair et de très beaux yeux bleus. Quant à Frankie, c'était un petit gros aux yeux et aux cheveux noirs. Il y avait aussi Talia Morris et Jill Brewster, des filles de l'école que je connaissais de vue. Je devais découvrir qu'en fait Tony était le frère aîné de Jill et que, quand, à la demande de Jill, Kelly avait accepté de l'inviter, il s'était proposé de venir avec quelques amis. Tony, Michael et Frankie fréquentaient le même lycée : un établissement laïque.

« Mais je n'étais pas encore au bout de mes surprises. J'ai bientôt eu un deuxième choc en découvrant que les gobelets qu'ils tenaient à la main n'étaient pas seulement remplis de Coca. On m'en a mis un d'autorité dans la main. Quand on m'a dit ce qu'il contenait, je suis restée figée, la main tendue, comme si je tenais un pistolet chargé. Tony avait apporté une bouteille de rhum...

« "Je ne peux pas boire ça, ai-je protesté. Ma mère va tout de suite sentir l'odeur d'alcool.

« – Ne t'en fais pas pour ça, m'a assuré Tony. On a apporté des chewing-gums et des trucs pour se rincer la bouche avant de partir. On est vachement rodés, m'a-t-il affirmé. On en boit même au lycée, alors tu vois. Allez ! vas-y, fais la fête avec nous !" Il m'a pratiquement forcée à boire la première gorgée. Je n'ai pas perçu le goût du rhum, mais je n'ai pas tardé à me sentir étrangement légère et même un peu étourdie : il devait y en avoir une bonne quantité dans mon verre.

« Je crois que tout ça exerçait une sorte de fascination sur moi. Les garçons avaient tellement d'histoires scandaleuses à raconter ! À les entendre, il ne se passait pas un jour sans que ne survienne quelque chose d'amusant ou d'exaltant, dans leur lycée. Je m'étais assise sur le lit de Kelly et je les regardais parler, jouer de la musique, fumer et boire de plus en plus de rhum-Coca — sans omettre de remplir mon propre gobelet, par la même occasion. Nous nous sommes jetés sur les pizzas dès qu'elles sont arrivées. Je riais beaucoup et, pendant un moment, je me suis sentie merveilleusement bien : heureuse et si libre, tout à coup ! Quand les filles se sont moquées des sœurs et ont raconté comment ça se passait pour nous à l'école, je me suis vraiment amusée comme une petite folle. Pour moi, c'était un peu comme si j'étais dans un autre pays, un autre monde. J'étais certes choquée par certaines choses que j'entendais, bien sûr, mais je m'efforçais de n'en rien laisser paraître.

« Je n'avais jamais eu envie de fumer, mais ils le faisaient tous et il m'a vite semblé impossible de ne pas les imiter. J'ai vaguement songé à la réflexion de ma mère, à propos de la pression du groupe, et je me souviens m'être dit qu'elle avait raison, que toutes les bonnes manières et les meilleures résolutions du monde ne pouvaient rien y faire. Mais j'ai vite chassé cette idée ou, pour être tout à fait honnête, je l'ai noyée dans le rhum.

« Et puis, soudain, dans ma tête embrumée par les vapeurs d'alcool, il s'est passé quelque chose : une sorte de déclic. Subitement, la situation, les gens, leur comportement, tout m'a semblé ridicule. Je me suis mise à rire en voyant la façon dont Michael roulait des yeux et des épaules quand il tirait sur sa cigarette, après chaque gorgée de rhum-Coca, affectant la désinvolture et la décontraction de l'homme d'expérience. Il m'a regardée, en haussant les sourcils d'un air interrogateur, et je me suis mise à rire de plus belle, tant et si bien que je ne pouvais plus m'arrêter. C'était comme un barrage qui cédait : impossible de retenir le flot. J'étais submergée. Ils ont eu l'air de trouver ça drôle et ils se sont mis à rire aussi ; ce qui n'a fait que redoubler mon hilarité. Je riais à gorge déployée, tellement que j'en pleurais.

« Tout à coup, Frankie s'est retrouvé à côté de moi, le bras passé par-dessus mes épaules.

« "Je ferais mieux de la tenir, s'est-il écrié. Elle est tellement pliée qu'elle va finir par se gondoler !" Ils ont tous explosé de rire. On se serait cru à la foire. "Allez ! Roulez jeunesse !" : quand le manège est lancé, plus personne ne peut l'arrêter. Frankie me serrait de plus en plus et je me suis bientôt aperçue que quelque chose changeait dans l'expression des autres garçons. Ils ne riaient plus. Ils avaient les yeux braqués sur moi comme si, subitement, je les intéressais au plus haut point. Kelly, Talia et Jill s'étaient rapprochées pour se faire des messes basses, le regard rivé sur moi, elles aussi. Je me demandais ce qui pouvait bien les captiver à ce point. C'est à ce moment-là que j'ai senti la main de Frankie sous mon chemisier. L'un des boutons s'était défait et il avait commencé à en enlever un autre, puis un autre, et un autre...

« Pendant un instant, j'ai été comme eux : trop stupéfiée pour réagir. Et puis, Frankie a passé les doigts sous mon soutien-gorge pour soulever le bonnet droit.

« "Voyons voir si tout est normal de ce côté-là", a-t-il ricané.

« C'est alors que j'ai hurlé : "Arrête ! Arrête !", en me levant d'un bond. Mais je suis tombée dans les bras de Tony qui, au lieu de me rattraper, a levé les deux mains au niveau de ma poitrine, plaquant sa paume gauche contre ma peau dénudée.

« "Ouais, ouais, tout va bien de ce côté-là", a-t-il répondu.

Tous se tordaient de rire, même les filles.

« "À moi ! s'est alors écrié Michael, en se plaçant derrière moi. Il y en a largement assez pour tout le monde !"

« Il a passé les bras sous les miens, a tiré sur mon soutien-gorge pour l'enlever complètement, et puis il m'a pris les seins à pleines mains pour me plaquer contre lui. J'ai perdu l'équilibre et glissé jusqu'au sol ; ce qui a déclenché l'hilarité générale. Mais je me suis mise à pleurer et ça a fini par les calmer.

« Les filles m'ont emmenée précipitamment dans la salle de bains en voyant que je commençais à me sentir mal. J'ai vomi, puis elles m'ont aidée à me nettoyer et à retrouver une tenue décente, tout en ne cessant de m'assurer que "tout irait bien maintenant", que "les garçons sauraient se tenir". J'avais un mal de tête à hurler, mais je ne pensais qu'à une chose : j'étais persuadée que ma mère allait découvrir ce qui s'était passé et je pleurais comme une fontaine.

« Les garçons sont partis peu de temps après, craignant sans doute de s'attirer des ennuis en s'attardant sur les lieux de leur forfait. Quand les parents de Kelly sont revenus, tout était rentré dans l'ordre. Son père a bien semblé soupçonner quelque chose en me voyant assise sur le lit de sa fille dans un état quasi comateux, mais il n'a pas posé de questions. Pourtant, je ne devais pas vraiment avoir bonne mine. Les filles m'ont juré qu'on ne sentait sur moi aucune odeur suspecte : ni rhum ni cigarette... "absolument rien", répétaient-elles. Je suis sortie avec Kelly et Talia prendre l'air, respirant à pleins poumons jusqu'à ce que je me sente assez bien pour appeler ma mère.

« "J'espère que tu sauras tenir ta langue, m'a menacée Kelly. Sinon tu me mettrais dans un sacré pétrin, et tu aurais de sérieux ennuis, toi aussi.

« – Tu aurais dû me prévenir, lui ai-je dit, furieuse.

« – Oh ! ne joue pas les saintes-nitouches ! a persiflé Talia. Tu t'es bien amusée, non ?"

« Je me souviens que je l'ai regardée comme si elle était devenue folle. Je m'étais faite violenter par des garçons inconnus ; j'avais été malade, et j'étais censée m'être "bien amusée" ?

« "Non", lui ai-je répondu sèchement.

« J'étais tellement terrifiée quand ma mère est arrivée ! Je me demande encore où j'ai trouvé la force de marcher jusqu'à la voiture et de m'y installer comme si de rien n'était.

« "Comment s'est déroulé le dîner ? m'a-t-elle immédiatement demandé.

« – Très bien, lui ai-je assuré.

« – Y avait-il du poisson au menu ? a-t-elle enchaîné.

« – Non", lui ai-je dit. Ça, au moins, ce n'était pas un mensonge.

« "Et t'es-tu bien conduite ? As-tu correctement suivi les règles que je t'avais dictées ? Oh ! et est-ce qu'ils ont commencé par le bénédicité ?" a-t-elle ajouté, avant que j'aie eu le temps d'ouvrir la bouche.

« J'ai réfléchi quelques secondes et je lui ai répondu : "Oui. Ça s'est exactement passé comme tu me l'avais prédit."

« Il faisait trop sombre à l'intérieur de la voiture pour qu'elle puisse voir mes yeux et déceler la supercherie ; ce qui ne m'a pas empêchée de me mordre les lèvres et de retenir mon souffle, le dos courbé, prête à recevoir le couperet.

« Cependant, elle était si contente de s'entendre dire qu'elle avait eu raison de m'enseigner toutes les règles de convenance adéquates, que, pendant toute la durée du trajet, elle n'a cessé de se féliciter de sa clairvoyance et des efforts qu'elle avait faits pour me préparer correctement à cette épreuve.

« "En dépit de toute sa grande expérience des affaires, ton père aurait bien été incapable d'en faire autant, se gargarisait-elle. Quand il a vu le mal que je m'étais donné pour toi, il s'est moqué de moi. Il a dit que c'était tout bonnement ridicule. Ah ! il va voir, maintenant ! triomphait-elle, en hochant la tête. On verra bien s'il est toujours aussi content de lui, à présent."

« Quand nous sommes arrivées à la maison, je suis montée directement dans ma chambre, prétextant que j'étais très fatiguée — ce qui, une fois encore, n'avait rien d'un mensonge. Elle n'a pas protesté. Elle était beaucoup trop pressée de dire à mon père combien elle avait eu raison de si bien me préparer pour ce dîner chez les Sullivan. Je me suis mise au lit aussi vite que j'ai pu. Mais, quand j'ai repensé à tout ce qui s'était passé chez Kelly, j'ai fondu en larmes. Quelle honte ! Et quelle cruauté de la part des filles ! Pourquoi n'étaient-elles pas venues à mon secours ? C'était presque comme si je n'avais été invitée que pour qu'on abuse de moi. *Quand auras-tu enfin une véritable amie ?* me lamentais-je, pelotonnée sous mes couvertures. *Quelqu'un qui me respectera et qui éprouvera vraiment de l'estime et de l'affection pour moi ?*

« Je me sentais tellement sale, en repensant à ces mains posées sur moi. Je crois que c'était surtout ça qui m'avait retourné l'estomac. Ça et le rhum, bien sûr. Combien d'alcool avais-je ingurgité ? Les filles s'étaient-elles vraiment rendu compte de ce que les garçons me faisaient subir ? Comment avaient-elles pu laisser faire ça sans réagir ?

– C'est bien dommage qu'on ne t'ait pas connue, à ce moment-là, intervint Star. Parce que, sinon, j'irais leur dire deux mots de ta part à ces garces !

– Réaction totalement immature, diagnostiqua Jade, péremptoire.

– C'était vraiment vache, reconnut Misty.

– Le plus dur, quand quelque chose comme ça vous arrive, c'est de n'avoir personne à qui parler, leur confiai-je. Ça vous ronge le cerveau et le cœur, comme la gangrène ; ça vous suit constamment, comme le bourdonnement agaçant d'une guêpe obstinée. Après ça, j'ai passé des nuits entières à me tourner et à me retourner dans mon lit, en proie à d'horribles cauchemars, et je n'osais plus regarder les autres filles de la soirée, quand je les croisais dans les couloirs de l'école. Je savais qu'elles parlaient de moi, qu'elles faisaient courir des histoires sur mon compte, qu'elles racontaient des horreurs : que je m'étais saoulée, que je m'étais exhibée et que je leur avais fait honte devant les garçons. Kelly m'évitait et, à cause des mensonges qu'elle avait propagés à mon sujet, les autres filles du lycée jetaient un tel regard sur moi que passer devant elles tenait du supplice. Je me sentais de plus en plus mal.

– Pourquoi sont-elles allées inventer des trucs pareils ? demanda Misty, en se tournant vers Jade.

– Pour se couvrir au cas où Cathy aurait eu la malencontreuse idée d'avouer la vérité, répondit-elle, consultant, à son tour, Star du regard.

– Ça m'en a tout l'air, acquiesça Star. Moi, à ta place, je leur arrachais la langue, me dit-elle.

– Ce qui n'aurait servi qu'à accréditer leur version des faits, lui fit remarquer Jade.

– Quoi qu'il en soit, repris-je, sentant, une fois de plus, la tension monter entre les deux sœurs ennemies, peut-être à cause de ce qui se passait à l'école, les cauchemars ont continué. J'avais complètement perdu le sommeil, et l'appétit aussi. Mais, à la maison, je me forçais à manger pour ne pas que ma mère se pose des questions. Elle m'en posait déjà suffisamment, m'interrogeant sans cesse sur les parents de Kelly, sur leur maison, sur les choses dont ils avaient parlé à table, sur ce que j'avais appris sur eux... et j'étais constamment obligée d'inventer des réponses pour la satisfaire. J'ai réussi à m'en sortir en lui disant que j'avais suivi ses instructions à la lettre et que je n'avais donc pratiquement pas ouvert la bouche de la soirée, sauf quand on m'adressait la parole, moyennant quoi je n'avais pas pu découvrir grand-chose sur mes hôtes. Ce qui ne m'empêchait pas de penser que, d'un instant à l'autre, elle allait s'apercevoir de la supercherie et que la vérité éclaterait dans toute son horreur.

« Ça ne faisait qu'accroître la liste, déjà longue, de toutes ces interrogations qui m'empêchaient de dormir la nuit. Combien de fois ne me suis-je pas retrouvée assise dans mon lit, en sueur, éveillée en sursaut par ce hurlement qui me déchirait la gorge sans pouvoir sortir. Dans mes cauchemars, des dizaines et des dizaines d'araignées couraient sur ma peau, me couvrant tout le torse et remontant le long de mon cou, jusqu'au menton.

« Quand j'étais petite et que je criais, la nuit, ma mère venait parfois dans ma chambre. Mais ce n'était pas pour me prendre dans ses bras, me consoler, ni m'embrasser, non. Dressée tel un spectre blafard près de mon lit, elle se faisait un devoir de m'apprendre à refouler mon angoisse. Elle me disait qu'il fallait compter jusqu'à ce que je sois si fatiguée que je me rendormirais toute seule. Si vraiment je l'en suppliais, elle acceptait de laisser une lampe allumée dans ma salle de bains, mais elle n'y consentait qu'à contrecœur.

« Une nuit — environ quinze jours après l'abominable soirée chez Kelly, quinze jours de questions incessantes et de mensonges —, j'ai entendu la porte de ma chambre s'ouvrir et j'ai reconnu la silhouette de mon père dans l'obscurité.

« "Qu'est-ce qui ne va pas ? m'a-t-il demandé. Il me semble t'avoir entendue crier en remontant de la cuisine pour me chercher un verre de lait."

« Il faisait ça quand il avait du mal à dormir. Il m'avait dit, un jour, que, quelquefois, les chiffres de la Bourse continuaient à défiler dans son sommeil, comme s'il avait un télex qui se mettait à crépiter dans sa tête dès qu'il fermait les yeux.

« J'ai enfoui mon visage dans l'oreiller. Il a posé la main sur mon épaule et s'est assis à côté de moi.

« "Il est arrivé des malheurs à la petite fille chérie à son papa ?" a-t-il insisté. Ça a été plus fort que moi, je me suis remise à pleurer. Il m'a caressé les cheveux, tout doucement, jusqu'à ce que je réussisse à me calmer un peu.

« "Qu'est-ce qu'il y a, Cathy ? a-t-il répété. Tu peux me le dire, tu sais. Est-ce que quelqu'un t'a fait du mal ?

« – Oui, ai-je avoué d'une toute petite voix mouillée.

« – Qu'est-ce qu'on t'a fait ? m'a-t-il demandé. Tu te sentirais mieux si tu m'en parlais, tu ne crois pas ?"

« J'ai ravalé mes larmes et je lui ai raconté, dans un murmure, ce qui s'était passé chez Kelly. Il m'a écoutée sans m'interrompre, et je voyais, même dans le noir, qu'il ne me quittait pas des yeux.

« "Est-ce que c'est ma faute ? lui ai-je demandé. Est-ce que j'ai mal agi ? Est-ce que j'ai le mal chevillé au corps ?" C'était une expression de ma mère.

« "Mais non, mais non", m'a-t-il aussitôt répondu. Il s'est penché pour me parler à l'oreille. "Il y a les belles et les vilaines caresses, m'a-t-il expliqué. Il ne faut pas avoir peur des belles caresses, ni surtout en avoir honte.

« "Ce sont ceux qui tripotent les filles qui sont malsains. Ce qu'ils t'ont fait ne t'a pas fait du bien, là, à l'intérieur, n'est-ce pas ? m'a-t-il demandé, en posant la main sur son cœur.

« – Oh non !" me suis-je écriée dans un souffle. Pour ça, assurément, il avait raison. Et, s'il avait raison, pour ça, pourquoi n'aurait-il pas eu raison pour tout le reste ?

« "Les belles caresses sont douces, agréables", a-t-il enchaîné, joignant le geste à la parole.

« "Ferme les yeux, m'a-t-il ordonné. Voilà, c'est ça. Il ne faut pas avoir peur de t'abandonner au sommeil." Il avait les mains sous ma chemise de nuit et il faisait glisser ses doigts doucement, lentement, tout en me berçant d'une voix suave : "Là, là. Tu es calme, maintenant. Tu te sens bien, très bien. Tu vois, c'est ça les belles caresses. C'est comme caresser un chien ou un chat. Et tu sais combien ils adorent ça. Tu vois, toi aussi, ça te fait plaisir. Tu vas t'endormir comme un ange, maintenant. Dors, ma petite chérie, dors."

« Mais ses attouchements ne me détendaient pas. J'avais, au contraire, l'estomac vrillé comme un fil trop tendu qui menace, à tout instant, de se rompre. Il n'y avait pas la moindre violence dans ses gestes et ses mains étaient douces, mais il les posait... partout. Et ça me rendait de plus en plus nerveuse.

« "Doucement, doucement, m'a-t-il dit, comme je me contorsionnais pour tenter de lui échapper. Il faut que tu laisses ton corps se relâcher complètement. Il ne faut pas avoir peur des sensations agréables qu'il te procure."

« J'ai essayé de rester aussi immobile que possible.

« "Voilà, c'est bien, m'a-t-il félicitée. C'est beaucoup mieux, tu vois ?"

« J'avais le corps bandé comme un arc. J'essayais de garder les yeux fermés pour m'endormir, mais c'était impossible avec ses mains qui se promenaient partout. Finalement, il s'est levé.

« "Bonne nuit, a-t-il murmuré. Et... motus et bouche cousue. Tout ce qui s'est passé fait déjà partie de notre petit secret à tous les deux. Ne t'inquiète pas. Ta mère n'en saura rien. Ça ne servirait qu'à la contrarier et nous ne voulons pas la contrarier, n'est-ce pas ? N'est-ce pas, Cathy ?"

« Il était clair qu'il voulait me l'entendre dire. Ma voix s'est brisée, mais je suis tout de même parvenue à lui donner la réponse qu'il attendait.

« Mon cœur battait si vite que j'avais du mal à respirer.

« L'instant d'après, il était parti, me laissant seule, désorientée et tremblante. Je me débattais au cœur d'un tourbillon de sensations et d'émotions contradictoires, le corps en feu, l'esprit en déroute, heureuse pourtant, heureuse qu'en dépit de ce qui s'était passé chez Kelly j'aie pu rester la "petite fille chérie à son papa", heureuse de ne pas être un monstre aux yeux de mon père.

Quand je me suis tue, les autres sont demeurées muettes, raides comme des statues, le regard fixe et les lèvres soudées.

– Bien, a dit soudain le Dr Marlowe, brisant enfin un long silence pesant. Et si nous faisions une autre petite pause, le temps que j'aille m'occuper du déjeuner ?

Personne ne bougeait et personne ne lui répondit.

– Quelqu'un veut-il aller aux toilettes ou sortir se dégourdir les jambes dans le couloir ? a-t-elle insisté.

– Moi, s'est écriée Misty, en se levant.

Elle m'a lancé un regard interrogateur.

– À moins que tu ne veuilles y aller d'abord ? m'a-t-elle demandé.

– Non, non, ça va.

La pluie s'était mise à tomber. Le vent la rabattait contre les vitres et les gouttes zigzaguaient comme des larmes de honte cherchant en tous sens où se cacher. Quand j'ai tourné les yeux vers Jade, je l'ai trouvée s'abîmant dans la contemplation du dallage. Star regardait par la baie vitrée, profondément absorbée dans ses pensées. Leur silence était plus assourdissant que le tonnerre qui grondait au-dehors, annonçant la tempête.

Bien qu'en proie à une immense fatigue, j'étais toujours certaine de pouvoir aller jusqu'au bout. Le Dr Marlowe m'avait aidée à parvenir jusque-là. Elle avait su me tenir la main, me consoler, me redonner assez confiance en moi pour être prête à tenter l'aventure. Et, soudain, en regardant les autres, je me suis demandé si elles pourraient, elles, tenir jusqu'au bout. Quels cauchemars, quelles terreurs enfouies avais-je réveillés dans les ténébreuses profondeurs d'un passé oublié ?

La souffrance nous enchaînait, désormais, les unes aux autres et les tressaillements de l'une faisaient frémir le cœur de sa voisine, puis de sa voisine jusqu'à ce qu'un même frisson nous parcourût toutes. Finalement, était-ce si bon que cela de partager ? N'était-ce pas cruel plutôt ?

Chaque question en appelait une autre.

Et chaque réponse miroitait comme une promesse de bonheur imminent, tels ces beaux poissons étincelant sous l'eau qui, lorsque vous plongez la main trop vite, disparaissent en un éclair, vous laissant désemparée et déçue, scrutant les flots, dans l'attente et l'espoir d'une chance prochaine.

Comment ne pas craindre qu'ils ne reviennent plus, pas même pour nous charmer de l'éclat scintillant d'un bonheur illusoire ou d'un avenir meilleur ?

6

– J'ai horreur de ce temps, maugréa Jade, au bout d'un long et pénible moment de silence. Certes, je reconnais qu'il pleut moins ici que dans une bonne partie du pays et je suppose que nous n'avons pas à nous plaindre, mais je ne supporte pas ces journées grises et maussades qui s'étirent indéfiniment. C'est déprimant.

– Bof ! Ça ne me dérange pas plus que ça, lui répondit Misty. À moins que ça ne se prolonge pendant des jours et des jours, évidemment.

– Mamie aussi, elle déteste ce temps-là, nous informa Star. Ça réveille ses rhumatismes.

– La vie me paraît déjà bien assez triste sans que les nuages et la pluie ne s'en mêlent, soupira Jade.

– Oh ! ce n'est quand même pas si dramatique que ça ! Il ne faut rien exagérer, s'enferra Misty.

Jade n'aime pas qu'on la contredise.

– Lorsque l'on se réfugie dans un monde imaginaire, comme une gamine de cinq ans, je conçois que cela n'ait rien de dramatique, en effet.

– Je ne suis plus une gamine, se rebiffa Misty. Et puis, je ne me réfugie pas dans un monde imaginaire.

– Et après ? dis-je tout à coup. Nous le faisons toutes.

Elles se tournèrent vers moi dans un même mouvement de surprise.

– Je veux dire : quand on n'est pas heureux dans la vie réelle, c'est un peu normal de rêver, non ? Enfin, moi, c'est ce que je fais, en tout cas. Et vous avez toutes, plus ou moins, décrit des façons similaires d'échapper à la réalité, vous aussi.

– Elle a raison, approuva Star.

Elle se tourna vers Jade.

– Déjà que tout le monde te ment, tu ne vas pas, en plus, te mentir à toi-même !

– J'en ai passé, du temps, enfermée toute seule dans ma chambre à rêvasser ! ai-je soupiré. Des heures entières ! C'est d'ailleurs ce qui a poussé mes parents à consulter le Dr Marlowe, au début. J'en étais arrivée à ne plus vouloir passer le seuil de la maison, à ne plus vouloir aller au lycée, à ne plus vouloir sortir du tout. Migraines, maux de ventre ou même simple fatigue : tout m'était prétexte à manquer la classe. Ça se répétait si souvent que les sœurs en étaient arrivées à tenter de persuader ma mère de me faire donner des cours particuliers à domicile. Vous imaginez sa réaction à l'idée d'avoir, tous les jours, un étranger sous son toit !

– Ça doit être joli chez toi, si tu t'y plais tant que ça, s'exalta aussitôt Misty, manifestement impatiente de changer de sujet.

– Oh ! ce n'est pas que je m'y plaise vraiment. Cela dit, ce n'est pas mal, mais ça n'a rien à voir avec une propriété comme celle-ci. Nous avons certes un grand jardin, derrière la maison, mais rien de comparable avec ce parc. C'est juste un grand rectangle de pelouse grillagé, avec une paire de pamplemoussiers et de citronniers au milieu. Ma mère fait pousser des lauriers-roses pour nous protéger des regards indiscrets. Elle ne cesse de planter tout ce qui lui tombe sous la main pour peu que cela puisse nous isoler le plus possible de l'extérieur. Mon père parlait souvent de faire construire une piscine. Mais, chaque fois qu'il abordait le sujet, ma mère lui disait : « Une piscine ! Mais pour quoi faire, franchement ? » Alors il la regardait d'un air absorbé, comme s'il réfléchissait mûrement à la question, et il lui répondait : « Pour nager dedans. »

« "C'est trop d'entretien, marmonnait-elle. Et, avec l'emploi du temps que tu as, qui va s'en occuper, je te le demande ?"

« Il disait qu'il engagerait quelqu'un, comme le faisaient toutes les personnes de sa connaissance qui possédaient une piscine. En général, la discussion s'arrêtait là et rien n'a jamais été fait.

« Quant à moi, je me disais que, si nous avions une piscine, je pourrais inviter des amies à la maison. Mais, quand j'y pensais vraiment sérieusement, je me demandais quel genre de maillot de bain aurait obtenu l'agrément de ma mère. Certainement pas un bikini, en tout cas ! Et puis, qui aurais-je bien pu inviter, de toute façon ? Et, en admettant que j'aie trouvé des camarades qui auraient bien voulu venir, que se serait-il passé si elles avaient porté un bikini ? Mère les aurait mises à la porte, sans aucun doute.

– Oui, mais, si tu invitais des copines, maintenant, tu pourrais les emmener dans ta chambre, non ? s'enquit Misty.

Voudrait-elle un jour me rendre visite ? me pris-je aussitôt à espérer.

– Oui, j'imagine. Mais vous trouveriez toutes ma chambre bien banale, je suppose. Je n'ai ni poster ni photo sur les murs. Et puis, elle n'est probablement pas aussi grande que la tienne, ni que la tienne, Jade. Ce qu'il y a de bien, en revanche, ce sont les deux grandes fenêtres orientées à l'est : je peux profiter du soleil, le matin. Sinon, question décoration, j'ai un tapis gris clair qui tire un peu sur le rose et un grand lit deux places avec une tête de lit en acajou. En dehors de mon armoire et de ma coiffeuse, j'ai un bureau, une commode et des étagères pour ranger mes livres. Mais je n'ai ni télévision ni téléphone. Ma mère ne veut pas en entendre parler. Elle dit que ce sont des drogues dangereuses pour les jeunes.

– Ce n'est plus une chambre, c'est une cellule de moniale ! s'insurgea Jade. Ta maison tient plus d'un monastère que d'un foyer. En fait, tu ne vis pas chez toi : tu es cloîtrée !

– Oh ! la maison n'a rien d'aussi austère ! Nous avons un grand salon avec une cheminée et de larges baies vitrées orientées vers l'ouest. Alors, il y a beaucoup de soleil l'après-midi — quand ma mère ne tire pas les épais rideaux qu'elle a posés pour l'empêcher de rentrer et de « décolorer les meubles », évidemment... La cuisine est très grande, aussi. Ma mère aime cuisiner et faire de la pâtisserie. Je ne dirais pas que c'est un « cordon-bleu », comme ta cuisinière, Jade, mais elle sait préparer les plats familiaux et elle ne rate jamais une tourte aux pommes. C'est une qualité que mon père lui a toujours reconnue : il ne manquait jamais de lui faire des compliments sur ses « bons petits plats ». Ce n'est pas un gourmet, mais il aime la bonne chère.

– Donc, si je comprends bien, il a épousé ta mère pour son argent et ses talents de cuisinière ? récapitula Jade, d'un ton sarcastique.

– Mais, ils ont sûrement dû tomber amoureux, d'abord, hein ? s'empressa d'enchaîner Misty.

– Je dois dire que je ne suis jamais allée me planter devant eux pour leur poser la question. En fait, j'ai toujours pensé que ce n'était pas le cas et le peu que j'ai appris de leur passé, par la suite, n'a fait que le confirmer. Mon père n'a jamais « courtisé » ma mère, au sens où on l'entend habituellement, et ils n'ont jamais connu les feux de la passion — comme tes parents, Jade, par exemple. À vrai dire, mon père a rencontré mon grand-père avant de connaître ma mère. Il faut préciser que mon grand-père maternel lui avait confié un important capital à investir. Il a dû lui parler de ma mère ou la lui présenter directement, un beau jour. Toujours est-il que c'est la façon dont mes parents se sont connus.

« Ma mère ne travaillait pas et elle n'a pas fait d'études supérieures. Quand je lui ai demandé pourquoi, elle m'a répondu qu'aucune profession ne l'avait attirée. Elle était pourtant bonne élève, mais sans doute n'était-elle pas très ambitieuse. Je suppose que ça a dû inquiéter mon grand-père. D'après le peu que ma mère m'a dit de lui, ils ne devaient pas très bien s'entendre. Il se montrait très critique envers elle. Il lui disait que, si elle se contentait de rester à la maison pour aider sa mère à faire le ménage et la cuisine, elle finirait par devenir une vieille fille desséchée et sans le sou.

« En l'écoutant parler de lui, j'ai parfois eu l'impression que ma mère s'était mariée pour ne plus avoir à le supporter. On ne peut pas vraiment parler de mariage arrangé, mais mon grand-père semble avoir joué un rôle important dans la rencontre des fiancés et dans les dessous financiers de l'affaire. C'est tout juste si ma mère ne cache pas son album de photos de mariage : elle l'a rangé sur la plus haute étagère du salon. Il faut monter sur une chaise pour l'attraper. Il m'arrivait souvent de le regarder, à une certaine époque. Pour une jeune mariée, ma mère n'a vraiment pas l'air réjoui, sur ses photos. On dirait plutôt qu'elle a posé parce c'était ce qu'on attendait d'elle, qu'elle a exécuté les gestes qu'exigeaient les circonstances, sans enthousiasme, parce qu'il le fallait. Ça n'avait vraiment pas l'air d'être « le plus grand jour de sa vie », en tout cas.

« Pour moi, il faudra que ce soit un jour merveilleux. Je veux dire, tu devrais rayonner de bonheur sur tes photos de mariage, non ? Le photographe ne devrait même pas avoir besoin de flash tant la joie illumine ton visage. Moi, j'aimerais être aimée par quelqu'un qui me rendrait tellement heureuse que je rayonnerais de bonheur.

Misty applaudit en riant ; Jade secoua la tête d'un air navré et Star opina en silence.

– Non, repris-je, en repensant à la question qu'elles m'avaient posée. Je ne crois pas que mes parents aient jamais ressenti ça l'un pour l'autre ou qu'ils aient eu le temps de s'aimer comme vos parents l'ont fait — d'après ce que vous avez raconté de leur idylle, du moins. Quand j'ai demandé à ma mère où ils avaient passé leur lune de miel, elle m'a répondu qu'ils avaient directement emménagé dans leur nouveau foyer.

« "Il y avait encore plein de choses à faire dans la maison, m'a-t-elle expliqué. Et puis, pourquoi aller dépenser son argent dans des vacances hors de prix et payer à un tarif exorbitant les choses que l'on peut avoir gratuitement chez soi ?"

– Avec ce genre de raisonnement, elle n'ira jamais nulle part, soupira Jade.

– Mais, elle ne va jamais nulle part, lui rappela Star. Tu as déjà oublié ce que Cat t'a dit, quand tu lui as demandé s'il ne lui arrivait pas de partir, de temps en temps, même seulement pour un week-end ?

– Est-ce que tu as toujours habité la même maison ? me demanda Misty. Pour désamorcer la querelle qui s'annonçait, j'imagine.

– Oui. Ma mère n'aime pas changer, pas même de papier peint ou de carpette. Alors déménager, tu penses ! Pourtant, ça fait déjà un bon moment que j'en ai envie, moi. Il y a plein de mauvais souvenirs, pour moi, dans cette maison, et puis, aussi longtemps que nous y resterons, je ne pourrai pas m'empêcher de sentir la présence de mon père, comme s'il était encore là.

– Ne leur as-tu jamais demandé pourquoi ils t'avaient adoptée ? s'enquit Jade. Tu nous as certes dit que tu doutais qu'ils aient beaucoup de relations sexuelles, surtout après que ta mère avait perdu son bébé, mais cela ne nous explique toujours pas pourquoi ils t'ont adoptée.

– Non. Comme je vous l'ai dit, j'ai découvert que j'étais leur fille adoptive très récemment, peu de temps après... après d'autres événements, et c'est un peu difficile pour ma mère de parler de tout ça, en ce moment.

– Difficile pour elle de parler de tout cela, en ce moment ! explosa Jade. À en juger par leur comportement, on pourrait croire que ce sont nos parents qui pâtissent le plus de la situation. Serions-nous censées souffrir plus qu'eux, en supporter davantage parce que nous sommes plus jeunes ? À leurs yeux, rien ne nous atteint jamais ; rien ne nous marque profondément ; rien ne nous fait réellement mal. Nous allons « dépasser tout cela ». Les trahisons ? Les fausses promesses ? Ce ne seront bientôt là que de mauvais souvenirs. Difficile pour elle ? Pour quelle raison devrait-on ménager ta mère plus que toi ? Pourquoi serais-tu moins à plaindre qu'elle ? Ne la laisse pas s'en tirer à si bon compte. Demande-lui ce que tu veux savoir et exige des réponses, me conseilla-t-elle. Tu en as le droit.

– Oui, et si elle refuse de te dire ce que tu veux savoir, menace-la de mettre du rouge à lèvres et de l'ombre à paupières, renchérit Star.

Misty s'esclaffa si franchement et son rire était si contagieux que nous n'avons pas tardé à en faire autant. C'est dans cette humeur joyeuse que nous trouva le Dr Marlowe en rentrant dans son cabinet. Elle en fut manifestement ravie.

– Eh bien ! j'espère que vous avez toutes faim, nous annonça-t-elle, parce que, comme d'habitude, Emma s'est surpassée pour le déjeuner.

Elles m'ont toutes consultée du regard, comme si leur appétit dépendait du mien.

– Je crois que j'ai faim, répondis-je, tout en me disant intérieurement : *De toute façon, tu vas avoir besoin de toutes tes forces si tu veux aller jusqu'au bout.*

Le déjeuner fut vraiment un moment de détente pour tout le monde. Je pense que mes trois fidèles auditrices en avaient besoin autant que moi, sinon plus. Nous avons parlé de tout, sauf de notre vie, de nos parents et de la raison qui nous avait conduites là où nous en étions. Mais, quel que soit le sujet qu'elles abordaient :

musique, cinéma, mode ou autre dernière nouveauté, je n'étais assurément pas de taille à rivaliser avec mes voisines de table.

— Je ne sais pas comment tu fais pour supporter ces trucs de hip-hop, disait Jade, en s'adressant à Star. C'est toujours la même chose, de toute façon.

— Mais pas du tout ! Je parie que tu n'as même pas essayé d'écouter un CD en entier. Sinon, tu ne dirais pas ça. Qu'est-ce que vous aimez, vous ? dit-elle, en se tournant vers Misty et moi.

— Moi ? Barry Manilow, répondit Misty. Non, non, sans blague, insista-t-elle, en voyant la grimace incrédule de Star. Je suis même allée à trois de ses concerts.

— Et toi, Cat ? me demanda Jade.

— Eh bien ! je crois que j'aime tout. Enfin, tout ce que j'ai la chance d'entendre, je veux dire. Ma mère ne supporte pas que j'écoute de la musique plus de vingt minutes. Elle dit que ça nuit à mes études.

— Tu n'as qu'à acheter un casque, me suggéra Star. Elle ne verra même pas la différence.

Je lorgnai vers le Dr Marlowe. Elle s'était assise avec nous, mais en bout de table, et nous écoutait sans souffler mot. Je me demandais si les autres avaient, comme moi, l'impression d'être observées, étudiées, telles des amibes sous un microscope géant. Peut-être aurions-nous, un jour, l'occasion de nous voir ailleurs, sans psychiatre ni parents, enfin libres de parler de tout cela, sans personne pour nous surveiller, nous censurer, nous ausculter, nous analyser.

Ou, peut-être qu'après la fin de cette séance nous ne nous reverrions jamais. Qui sait ? Peut-être que la seule vue de l'une d'entre nous suffirait à faire resurgir la douleur d'un passé trop récent et que chacune tenterait, par tous les moyens, d'éviter les autres. *Surtout moi*, pensais-je, *surtout quand je leur aurai raconté la fin de mon histoire.*

Le déjeuner terminé, lorsque nous avons dû regagner nos places, j'ai presque eu envie de renoncer. Je me disais : *Pourquoi ne pas en rester là ?* J'étais déjà allée plus loin que je ne l'avais imaginé, plus loin que le Dr Marlowe elle-même ne l'avait probablement escompté. N'était-elle pas satisfaite ?

Un seul regard suffit à me convaincre du contraire. À voir l'attente que je lus dans ses prunelles, je compris qu'elle voulait que je leur dise tout, si ce n'était ce jour-là, du moins le lendemain, ou le jour suivant, mais, quoi qu'il en soit, que je ne leur cache rien de cette horreur qui m'habitait à demeure. Et je savais, comme je l'avais moi-même dit aux filles, que, si j'essayais de garder quelque chose pour moi, ce quelque chose me rongerait de l'intérieur, comme un chancre, et que ma souffrance n'en serait que plus grande encore.

Bien qu'elles m'aient laissé le temps de vaincre mes dernières réticences, je sentais leur impatience. Alors, je pris, une fois de plus, une profonde inspiration et me jetai à l'eau :

– J'étais en seconde, quand la direction de mon lycée envoya un avis à tous les parents d'élèves annonçant que, en collaboration avec le lycée catholique de garçons de la paroisse, notre école organisait un grand bal de fin d'année. La manifestation était décrite en détails : à quelle heure elle commencerait et s'achèverait ; quelles nourritures et boissons y seraient servies ; ce qu'il était permis ou interdit de porter à cette occasion, avec une insistance toute particulière sur l'étroite surveillance que les sœurs entendaient exercer pendant toute la durée de la soirée. Il y avait même un paragraphe traitant de l'importance que revêtaient, dans la vie de jeunes gens de notre âge, de tels échanges, sans ambiguïté aucune, entre personnes des deux sexes et qualifiait ladite manifestation d'» expérience enrichissante » pour leurs élèves. Ce bal devait, en effet, nous servir d'exemple pour savoir ce qu'était une activité saine et convenable et nous permettrait, par contraste, de reconnaître celles qui ne l'étaient pas. Les parents étaient donc vivement encouragés à autoriser leurs filles à y assister.

« Cette invitation ne réjouissait absolument pas ma mère, vous vous en doutez, mais elle était prise à son propre piège par le fait même que c'étaient ses chères sœurs, auxquelles elle vouait une si grande estime, qui en avaient eu l'initiative. C'est à cette occasion que, pour la première fois de ma vie, j'ai enfin vu mon père faire preuve d'un tant soit peu de détermination, défendant fermement son point de vue et tenant tête à ma mère à propos d'une affaire qui me concernait personnellement.

« "Telle qu'elle est décrite, cette soirée sera assurément une expérience enrichissante pour Cathy, a-t-il affirmé, un soir, après dîner, reprenant, mot pour mot, les arguments des sœurs. J'aurais pensé qu'un tel encadrement, étroit et vigilant, et qu'un tel contexte, sain et on ne peut plus convenable pour une jeune fille, t'auraient semblé propices à ce genre d'apprentissage. Que pourrais-tu demander de plus, Géraldine ?"

« Ma mère a pincé les lèvres, en regardant fixement la note d'information envoyée par les sœurs, comme s'il s'agissait d'un avis d'expulsion à mon encontre.

« "Elle va avoir besoin d'une nouvelle robe, a-t-elle objecté d'un air renfrogné.

« – Et alors ? Achète-lui une nouvelle robe", lui a répliqué mon père.

« J'étais assise là, figée sur ma chaise. Tout juste si je ne retenais pas mon souffle. Mon père m'a fait un clin d'œil et j'ai cru que j'allais m'envoler. J'imaginais déjà l'excitation des préparatifs. Mon cœur palpitait rien que d'y penser.

« "La mode actuelle est si… affreuse. C'est presque impossible de trouver quelque chose de décent, de nos jours, s'est lamentée ma mère.

« – Je suis sûr que tu pourras lui trouver quelque chose de très bien quelque part, Géraldine", a insisté mon père. Contrairement à ce qu'il avait toujours fait, il refusait de battre en retraite. Il avait compris combien ce bal était important pour moi et il avait décidé d'être mon champion, de jouer le rôle du preux chevalier en armure, prêt à défendre l'honneur de sa dame au prix de son sang et de sa vie.

« Ma mère a relu la note de l'école, puis m'a regardée, et j'ai senti qu'elle se laissait fléchir.

« "Tu voudras mettre du rouge à lèvres, j'imagine ? m'a-t-elle demandé.

« – Toutes les filles de son âge le font, s'est empressé d'intervenir mon père. Il n'y a pas de mal à cela, Géraldine, tant que cela reste occasionnel et qu'elle n'en met pas trop."

« Je n'en croyais pas mes oreilles. Jamais mon père ne m'avait soutenue, jamais il n'avait ouvert la bouche en ma faveur, et voilà qu'il plaidait ma cause, luttant pied à pied, sans céder d'un pouce. Je n'en revenais pas.

« "Les filles s'attirent si facilement des ennuis, de nos jours, a marmonné ma mère. Une petite permission en entraîne une grande. On leur donne le doigt, ça vous prend le bras et, de fil en aiguille, vous n'avez pas le dos tourné qu'elles se retrouvent enceintes.

« – Oh ! je pense qu'à nous deux nous saurons bien veiller à ce que ce genre de chose n'arrive pas à notre petite fille chérie", a-t-il objecté, en m'adressant un large sourire. Quand il a dit "petite fille chérie", j'ai cru que mon cœur s'arrêtait. Je me souviens même avoir rougi.

« Ma mère a bien arqué un sourcil, mais, par chance, elle regardait mon père, à ce moment-là.

« "Vraiment, Howard ? lui a-t-elle dit. Dois-je comprendre que tu vas enfin t'occuper un peu d'elle et assumer tes responsabilités de père, pour une fois ?

« – J'ai été très occupé, c'est vrai, et je sais que, quant à cela du moins, je me suis beaucoup reposé sur toi, Géraldine.

J'ai manqué à tous mes devoirs, sur ce point, mais j'entends bien m'en acquitter, maintenant que Cathy est suffisamment grande."

Tel un serpent sur lequel on vient de marcher qui se redresse pour vous mordre, ma mère l'a aussitôt repris de volée :

« "Suffisamment grande pour quoi ? lui a-t-elle rétorqué.

« – Oh ! pour rencontrer des gens, sortir davantage, découvrir les choses de la vie, voir le monde.

« – Je préfère qu'elle ne voie pas le monde dans lequel nous vivons, aujourd'hui. Elle ne s'en portera que mieux", s'est obstinée ma mère.

« Ils ont poursuivi cette discussion pendant un bon moment encore. Mon père s'est proposé pour aller me conduire à l'école et venir me rechercher, après le bal, et ma mère a fini par céder, sans pouvoir cependant s'empêcher d'ajouter : "Tu ne m'ôteras pas de l'esprit, Howard, qu'elle est tout de même beaucoup trop jeune pour ce genre de choses".

« Il faut toujours qu'elle ait le dernier mot, de toute façon.

– Et a-t-elle finalement accepté que tu mettes du rouge à lèvres ? me demanda Jade, avec un petit sourire en coin.

– Un tout petit peu, oui. Mais, après avoir acheté le tube, elle l'a soigneusement gardé dans sa chambre.

– Où l'a-t-elle mis ? Au coffre ? persifla-t-elle.

– Pratiquement, lui répondis-je, en riant. Mais le plus dur a été de trouver une robe à son goût. Nous avons fait tant de grands magasins que je ne pourrais même plus les compter ! Rien ne lui convenait. Au bout du compte, elle a fini par dénicher cette petite boutique, dans la vallée. À mon avis, ça tenait davantage du musée du costume que de la boutique de confection, mais elle y a trouvé ce qu'elle cherchait : une robe d'une longueur « décente » — l'ourlet me battait la cheville — et qui me couvrait le moindre centimètre de peau jusqu'au menton. On l'aurait crue tout droit sortie d'une malle du siècle dernier. Et, pour arranger le tout, elle était trop grande pour moi. Mais ma mère l'a jugée parfaite. Elle m'a acheté des chaussures fermées à talon plat de la même couleur et a estimé que j'avais désormais ma « tenue de bal ».

« Quand je me suis regardée dans la glace, j'ai failli éclater en sanglots. J'étais sûre d'être la risée de l'école. Non seulement, ma robe semblait dater du XVIIIe siècle, mais elle avait des manches gigot et des tonnes de dentelle aux poignets et sur le plastron, sans doute pour compenser la rigueur de l'épaisse étoffe de coton vert foncé dans laquelle elle était taillée. Ma mère me l'a fait mettre pour la montrer à mon père. Assis dans son fauteuil, papa n'a pu réprimer un haussement de sourcils en me voyant parader devant lui dans cet accoutrement.

« "On dirait qu'elle est déguisée, a-t-il commenté. C'est pratiquement un costume d'époque. Est-ce que c'est vraiment le genre de tenue que porte une jeune fille, quand elle sort le soir, aujourd'hui ?

« "Cette tenue est parfaite a tranché ma mère.

« – Je me sens ridicule, là-dedans, ai-je gémi, enhardie par la réaction de mon père. Elle balaye pratiquement le plancher. Ça fait même du bruit quand je marche. Et puis, elle est trop grande, et je vais étouffer, si j'essaie d'avaler quoi que ce soit, avec ce col qui m'étrangle le gosier.

« – Elle est parfaite, a répété ma mère. Décente et tout à fait convenable : parfaite.

« – Quel garçon voudrait danser avec une fille déguisée comme ça ? ai-je protesté, reprenant sciemment l'expression de mon père.

« – C'est donc ça qui t'inquiète ? Combien de garçons voudront danser avec toi ? s'est indignée ma mère.

« – Non, pas combien, me suis-je lamentée. Aucun !"

« J'étais au bord des larmes. Je mourais d'envie d'assister à ce bal. J'y voyais une chance de me faire de nouveaux amis et, peut-être aussi, de commencer à sortir et à avoir une vie normale. Mais j'étais terrifiée à l'idée de paraître dans cette tenue. J'étais sûre que j'allais passer pour un bouffon.

« "Pourquoi est-ce que je ne peux pas porter quelque chose qui soit à la mode ? ai-je pleurniché.

« – Parce que la mode d'aujourd'hui est un véritable attentat à la pudeur : de la pornographie pure et simple, m'a répondu ma mère. Tu as vu ce qu'il y avait dans les rayons de tous ces grands magasins ? Et puis, toute considération de style mise à part, tu as bien lu la note des sœurs et les restrictions concernant la tenue vestimentaire. La plupart des vêtements qu'on nous a proposés n'auraient pas été autorisés, de toute façon. Estime-toi encore heureuse d'avoir une tenue décente et de bonne qualité", s'est-elle entêtée. Le chapitre était clos.

« Je suis montée bouder dans ma chambre. C'est là que mon père est venu me rejoindre, un peu plus tard. Il m'a demandé de repasser la robe, puis il a reculé pour l'examiner un long moment, avant de s'avancer pour déboutonner le col pratiquement jusqu'à la poitrine.

« "Voilà qui est mieux, a-t-il dit. Mais ne fais pas ça avant d'être arrivée à l'école. Tu deviens vraiment une très jolie fille, Cathy, tu sais ça ?" a-t-il ajouté. Et je me suis sentie rougir jusqu'aux oreilles.

« "Non, ce n'est pas vrai, lui ai-je répondu, larmoyante. Je suis trop grosse et je suis moche.

« – Bien sûr que non ! a-t-il protesté. Tout ce que je regrette, c'est de ne pas avoir pris le temps de discuter avec toi de certaines choses concernant les garçons, maintenant que tu vas être amenée à les fréquenter. Heureusement que ce bal n'est que dans une semaine. Ça va me laisser un peu de temps. Il y a tant de choses que je veux te dire, te montrer, t'expliquer. La plupart des parents lâchent leurs enfants dans la cage aux fauves, surtout leurs filles, et puis, après, ils s'étonnent qu'elles se retrouvent en fâcheuse posture. Ta mère pense que la meilleure façon de te protéger, c'est de t'enfermer à double tour. Mais, moi, je connais la bonne solution : il faut t'informer, t'ouvrir les yeux pour que rien ne puisse te surprendre et te donner les armes pour te défendre, le cas échéant.

« "Cette démarche ne te paraît-elle pas plus pertinente ?" m'a-t-il demandé. J'ai acquiescé. C'est vrai que ça me paraissait plus sensé.

« "Demain, c'est un jour férié et la Bourse est fermée. Je viendrai passer un petit moment avec toi, dans l'après-midi, pendant que ta mère sera partie faire les courses, d'accord ? Avec mon aide, crois-moi, quand tu verras le loup, tu seras prête à le recevoir."

« Je n'avais pas la moindre idée de ce qu'il voulait dire par là, mais j'ai hoché la tête. Il est resté longtemps sans bouger à me regarder en silence, puis il m'a souri, s'est approché et m'a embrassée sur la joue.

« "Hum ! qu'est-ce que tu sens bon ! s'est-il exclamé, tout à coup. Qu'est-ce que c'est que ce parfum ? Est-ce que ce ne serait pas l'huile pour le bain que je t'ai offerte ?

« – Si", lui ai-je répondu timidement. Il s'est de nouveau penché pour la sentir. Il a inspiré si fort que j'ai cru qu'il allait m'aspirer tout entière. Et puis il m'a planté un autre petit baiser dans le cou, m'a tapoté la hanche et il est parti.

« Vous vous demandez peut-être pourquoi je me souviens de tous ces détails avec unc telle précision ? C'est que l'attitude de mon père me troublait tellement que chaque fois, après l'avoir vu, je repensais à ce qui s'était passé pour essayer de comprendre sa façon de se comporter envers moi. Parfois, il faisait comme si je n'existais pas et, parfois, il suspendait ce qu'il était en train de faire pour braquer sur moi un regard si appuyé que mon cœur s'emballait. C'est exactement ce que j'ai éprouvé, ce soir-là.

Je me suis tue pour contempler pensivement le dallage de marbre. Je sentais le regard des filles rivé sur moi et, en relevant les yeux, je les ai même surprises en train d'échanger des petits coups d'œil anxieux. Le Dr Marlowe avait posé ses coudes sur ses genoux et son menton sur le dos de ses mains. Elle aussi, elle attendait la suite. Mon déjeuner me remonta brusquement dans la gorge et je dus faire un immense effort pour refouler la nausée qui me gagnait.

J'arrivais à un tournant décisif de mon récit. Le pire était encore à venir, je le savais. Et, à en croire l'intensité de leur silence, les filles semblaient l'avoir compris aussi. Elles avaient l'air de s'inquiéter pour moi. Auraient-elles eu un peu d'égard pour moi ? D'amitié même, peut-être ?

– Le lendemain, ce n'est pas que j'avais oublié ce que m'avait dit mon père, mais j'étais accaparée par mon travail scolaire et j'avais l'esprit ailleurs, tout à l'excitation du bal qui se préparait. À l'école, les filles ne parlaient que de ça. La plupart étaient déjà allées à des soirées dansantes et certaines connaissaient déjà bon nombre des garçons invités.

« Quant à moi, je m'asseyais discrètement dans un coin de la cantine et je les écoutais discuter, pour essayer d'en apprendre le plus possible et de ne pas avoir l'air trop gourde, le moment venu. Quand je les ai entendues décrire les tenues qu'elles allaient porter, mon cœur s'est serré. La majorité d'entre elles allaient mettre exactement le genre de vêtements que ma mère avait désapprouvés. Tout le monde serait à la dernière mode, sauf moi.

« J'étais déjà hantée par d'affreux cauchemars dans lesquels, comme j'arrivais à la soirée, je voyais toute l'assistance se figer. Chaque garçon, chaque fille se tournait vers moi pour m'examiner. Même les sœurs avaient du mal à réprimer un sourire amusé en voyant ce que je portais. Et puis, tout à coup, c'était une véritable explosion de rires hystériques et je m'enfuyais en courant dans la nuit, les joues en feu et le visage ruisselant de larmes.

« J'en étais arrivée à la conclusion que je ferais mieux de renoncer à cette soirée, que, sinon, ma situation à l'école n'en serait que plus insupportable encore. Dès que je mettrais un pied dans le gymnase illuminé et transformé en salle de bal, toute chance d'avoir une vie sociale normale, de me faire des amis ou de me voir invitée à d'autres sorties, serait irrémédiablement et définitivement anéantie. J'avais donc décidé de ne pas y aller. J'étais sûre que ma mère s'en réjouirait et approuverait ma décision. Ainsi, tout le monde serait content.

Star lâcha un juron.

– Mais, en fait, repris-je, je n'ai même pas eu à la prendre, cette décision.

Toutes les filles écarquillèrent les yeux, retenant leur souffle.

– Ma mère venait de partir faire ses courses, quand mon père est monté me voir, comme prévu. Il a frappé à la porte de ma chambre, puis il est entré, une grande boîte blanche sous le bras.

« "Qu'est-ce que c'est ? lui ai-je aussitôt demandé.

« – Ça fait partie de notre petit secret, m'a-t-il répondu. Tu ferais mieux de ne pas en parler à ta mère, sinon je serai pendu haut et court au lever du soleil, le lendemain de ton grand bal de fin d'année". Il a posé la boîte sur mon lit, puis il a reculé et s'est campé devant moi.

« Je restais là, assise, sans bouger, le regard rivé à la boîte cartonnée.

« "Eh bien ! s'est-il écrié, en riant, ouvre-la donc ! Qu'est-ce que tu attends ?"

« Je me suis approchée à pas lents et j'ai ôté prudemment le couvercle. Et là, soigneusement pliée dans la boîte, se trouvait une robe, une vraie robe, une robe fourreau de velours vert qui arrivait au-dessus du genou avec de fines bretelles et même quelques strass au creux du décolleté. C'était la plus belle robe que j'aie jamais vue. Et il m'avait acheté les chaussures qui allaient avec, en plus ! Des escarpins à talons bobine.

« "Mais comment veux-tu que je la porte, papa ? me suis-je exclamée, stupéfaite. Mère ne voudra jamais !

« – Elle n'a pas besoin de le savoir. Tu mettras la robe qu'elle t'a choisie et, quand nous aurons quitté la maison, je me garerai dans un endroit discret et tu te changeras, m'a-t-il expliqué, en désignant la robe qu'il venait de m'offrir du menton. Tu n'auras certes pas de glace pour te regarder, mais je serai là pour veiller à effacer le moindre faux pli. Allez, mets-la que je sache si j'ai eu le coup d'œil et si je ne me suis pas trompé de taille."

« Il restait là, les bras croisés, attendant que je m'exécute. Mon cœur battait à cent à l'heure. Me changer devant lui faisait assurément partie des interdits formels édictés par ma mère, mais j'étais bien trop émerveillée par ma nouvelle toilette pour m'en préoccuper.

« J'ai rapidement déboutonné mon chemisier, dégrafé ma jupe pour la laisser tomber à terre et je me suis glissée dans ma belle robe de velours vert. Mon père s'est approché pour fermer la fermeture à glissière dans mon dos, et puis il m'a fait pivoter pour me placer devant le miroir en pied.

« "Regarde, Cendrillon, m'a-t-il dit. Regarde comme tu es belle !"

« Quand je me suis vue, j'ai réellement été prise de panique. Cette robe me moulait beaucoup trop, surtout le haut. On voyait même la naissance de mes seins. Les sœurs n'allaient-elles pas me renvoyer ? Papa n'avait-il pas pensé à ça, en la choisissant ?

« "Superbe ! a-t-il conclu. Ça, c'est une robe de bal !

« – Et si maman venait à l'apprendre ? ai-je objecté.

« – Apprendre quoi ? m'a-t-il dit. C'est une robe verte, non ? Et puis, comment voudrais-tu qu'elle en entende parler ? Où va-t-elle pour entendre parler de ce genre de choses ? Hum ?

« – Oh ! papa ! me suis-je écriée, les larmes aux yeux. Oh merci, merci !"

« Je lui ai sauté au cou et il m'a embrassée sur le front, en me serrant contre lui un long moment.

« Il m'a alors doucement repoussée pour m'examiner de nouveau et il a hoché la tête avec un petit sourire satisfait.

« "Et maintenant, a-t-il annoncé. C'est l'heure de ta première leçon."

7

– "Garde ta robe, m'a-t-il ordonné. Les conditions doivent être aussi proches que possible de ce qu'elles seront le grand soir". Il a réfléchi un instant, puis il a ajouté : "Il nous faut de la musique aussi. Oui, c'est ça. Nous allons faire comme si ta chambre était la salle de bal du lycée."

« Il s'est saisi de ma radio pour chercher une station.

« "Qu'est-ce que tu en penses ? m'a-t-il demandé, en tournant le haut-parleur vers moi.

« – Ça devrait aller", lui ai-je répondu, avec un haussement d'épaules. Je n'étais jamais allée à un bal avant. Comment aurais-je pu savoir quelle sorte de musique on y passait ? Surtout à un bal organisé par une école paroissiale !

– Certainement pas du hip-hop, en tout cas, s'esclaffa Star.

– Ça, ça m'étonnerait. Déjà qu'elles censurent les paroles des chansons ! On n'a même pas le droit d'écouter Madonna.

– Tu parles d'une fête, toi ! ironisa-t-elle.

– "Bon, poursuivit papa, commençons par le commencement. Tu arrives dans la salle et, comme toutes les filles, tu te retrouves dans un de ces petits groupes qui passent les toilettes et les coiffures de toute l'assistance en revue. Telle que tu es habillée là, a-t-il murmuré, en m'adressant un clin d'œil, tout le monde va parler de toi. Et en termes flatteurs, je peux te l'assurer, s'est-il empressé d'ajouter. Elles seront toutes jalouses.

« "Dès qu'ils t'apercevront — surtout telle que tu es maintenant —, les garçons se battront pour t'inviter à danser. Reste polie. Ne les rabroue pas dès le premier abord — à moins que le candidat en question ne soit particulièrement repoussant, évidemment."

« Je n'ai pas pu m'empêcher de sourire. Je me disais : *Qui, à part papa, pourrait bien me trouver jolie, même dans cette superbe robe ?*

« Mon père a dû lire dans mes pensées.

« "Je ne veux pas que tu te sous-estimes, Cathy, m'a-t-il dit d'un ton courroucé. N'aie pas l'air si surprise et, moins encore, reconnaissante devant ce garçon qui t'invite à danser. Hésite même un instant, le temps de juger s'il est digne ou non d'être ton cavalier.

« – Oh ! papa ! me suis-je écriée. Je suis incapable de faire une chose pareille !"

« Je me disais : *Après tout, je n'ai jamais été invitée à danser et, même s'il ressemble à Frankenstein, je suis sûre que je m'empresserai d'accepter l'invitation du premier qui se présentera.*

« "Je tiens à ce que tu sèmes le doute dans son esprit, m'a-t-il expliqué d'une voix ferme. Il est essentiel que tu saches te faire respecter d'emblée. Bon, a-t-il aussitôt enchaîné, reprenant son ton habituel. Supposons que je sois le garçon qui t'invite à danser. Fais comme si tu réfléchissais. Veux-tu m'accorder cette danse, Cathy ? m'a-t-il demandé, se mettant aussitôt dans la peau du personnage. Allez ! Fais ce que je t'ai dit, m'intima-t-il, reprenant sa voix normale. Un petit coup d'œil de part et d'autre, pour t'assurer qu'aucun autre cavalier éventuel n'attend en coulisses, et puis tu le toises plus ou moins ostensiblement pour estimer s'il mérite ou non ce privilège. Allez ! vas-y."

« Je me sentais parfaitement ridicule, mais j'ai tout de même tenté de jouer mon rôle au mieux.

« "Bien, a-t-il dit. Maintenant, un petit sourire, un hochement de tête et un pas en avant."

« J'ai suivi ses instructions et il a tendu les bras vers moi. Il a écouté la musique pendant quelques secondes, puis il a souri.

« "Nous avons de la chance : c'est justement une de ces chansons qui se dansent à deux. Je suis sûr que les sœurs ne laisseront personne danser plus près que ça", a-t-il raillé, en posant sa main gauche au creux de ma taille et en prenant la mienne pour me diriger, à bout de bras. Nous avons commencé à tourner dans la pièce. "C'est bien, m'a-t-il encouragée. Parfait. Cependant, il faut que tu t'attendes que certains garçons essaient de profiter d'un moment d'inattention des sœurs pour se rapprocher un peu et faire descendre leur main. Comme ça, tu vois ?" Il avait fait glisser sa main gauche dans le creux de mes reins pour me serrer contre lui.

« "Qu'est-ce qu'il faut que je fasse ? me suis-je immédiatement écriée, affolée.

« – Recule et dis-lui : 'Bas les pattes si tu veux danser avec moi !' Et mets-y le ton qu'il comprenne bien que tu ne plaisantes pas, d'accord ?"

« J'ai acquiescé. Mais j'étais très nerveuse, à présent, et même un peu inquiète. Est-ce que c'était vraiment comme ça que ça allait se passer ? Comment papa pouvait-il le savoir ? Comment pouvait-il connaître toutes ces choses à l'avance ?

« "Allez ! m'a-t-il ordonné. Fais-le."

« J'ai reculé et j'ai répété bêtement : "Bas les pattes si tu veux danser avec moi !" Il a secoué la tête.

« "Non ! sois plus ferme ! Il faut que tu penses ce que tu dis."

J'ai recommencé, en essayant d'y mettre un peu plus de conviction.

« "Il y a du progrès, a-t-il concédé.

« – Et si, après ça, le garçon ne veut plus du tout danser avec moi ? ai-je hasardé, effrayée de mon audace.

« – Tant mieux. Cela fera un imbécile de moins, a-t-il tranché.

« – Et, maintenant, supposons qu'un de tes cavaliers te plaise tout particulièrement et qu'il semble t'apprécier tout autant. Il se pourrait qu'il veuille te voir dans un endroit plus discret et qu'il te propose de filer à l'anglaise pour le retrouver dehors. Que vas-tu lui répondre ?

« – Je… je ne sais pas, ai-je bredouillé, incapable d'imaginer une seule seconde un tel scénario. Non, je pense.

« – Ça, c'est ce que tu devrais répondre. Moi, je t'ai demandé ce que tu allais répondre. Nuance", a-t-il précisé. Il s'est alors mis à me regarder fixement, tandis qu'un petit sourire entendu étirait peu à peu le coin de ses lèvres. "Il se pourrait que tu sois tentée. Il se pourrait qu'il soit très mignon et qu'il ait beaucoup de succès auprès des filles, m'a-t-il expliqué, en élevant légèrement la voix, comme pour me mettre en garde.

« – Je refuserai quand même, lui ai-je assuré, tel l'accusé jurant son innocence, la main sur les Saintes Écritures.

« – Cependant, que ce soit cette fois-ci ou la suivante, il faudra bien que cela arrive un jour, Cathy, a-t-il insisté. C'est normal, quoi que tu en penses aujourd'hui. Tu es bien plus jolie que tu ne le crois et les garçons étant ce qu'ils sont… Enfin ! on ne les changera pas. Et puis, tu vas avoir envie d'y aller, toi aussi. Je ne prétends pas que tu ne le devrais pas. Seulement, je tiens à ce que tu sois prête le jour où tu te décideras à céder à ta petite voix.

« – Ma petite voix ? me suis-je étonnée.

« – Oui. Chacun, homme ou femme, en a une. Elle est généralement muette, mais, le moment venu, quand l'occasion attendue se présente, elle sait se faire entendre. Et, quand elle veut se faire entendre, tu peux toujours courir pour la faire taire, crois-moi ! En fait, il se peut même que tu n'en aies pas envie…, a-t-il insinué. Vois-tu, Cathy, il va se produire certaines choses en toi, certaines transformations qui vont faire que cette petite voix intérieure va devenir de plus en plus forte, de plus en plus puissante, si bien qu'à la fin elle dominera toutes les autres : tu n'entendras plus ni la voix de ta mère ni la mienne. Tu n'entendras plus qu'elle.

« "Il faut t'y préparer, m'a-t-il affirmé. Sinon, ce que ta mère disait l'autre jour, à table, se réalisera : tu te retrouveras dans une situation délicate. Tu ne voudrais pas que cela t'arrive, n'est-ce pas ?

« – Oh non, papa !" me suis-je exclamée.

« C'était comme si un petit moineau apeuré s'était retrouvé emprisonné dans ma poitrine et voletait en tous sens, se cognant partout. Je me sentais chanceler. Mes jambes s'étaient mises à trembler. Papa avait l'air si grave, si sérieux, tout à coup ! Le risque était-il si grand ? Je n'aurais jamais cru qu'il y aurait tant de danger.

« "Bon, a-t-il repris. Nous allons faire en sorte que cela n'arrive pas. Mais, comme pour tout le reste, tu ferais mieux de garder cela pour toi. Ta mère ne comprendrait pas, de toute façon. Elle a des idées très différentes sur la question, des idées tout à fait irréalistes, je le crains. Non pas que j'essaie de te détourner de ta mère, mais... Enfin, tu sais ce que je veux dire, n'est-ce pas ?

« – Oui, papa, ai-je aussitôt répondu.

« – Cela fera partie de notre petit secret à tous les deux", a-t-il murmuré avec un sourire complice. Puis il s'est approché de moi et m'a prise par les épaules pour me tourner vers le miroir.

« "Tu n'es plus une petite fille, maintenant, m'a-t-il dit. Tu es devenue une vraie demoiselle. Ton corps est prêt : il est armé, chargé, comme un revolver ; il ne reste plus qu'à presser la détente. Tu vas quitter l'enfance, Cathy. Tu vas prendre ton essor. Je suis sûr que tu as déjà ressenti ce dont je parle. Je suis sûr, a-t-il ajouté en esquissant de nouveau un sourire de connivence, que tu as déjà entendu ta petite voix, surtout en rêve. Est-ce que je me trompe ? Il ne faut pas avoir peur, ni honte de me le dire, tu sais. C'est tout à fait normal."

« J'ai acquiescé dans un souffle. Je n'étais pas persuadée de bien comprendre où il voulait en venir, mais je pensais que c'était la réponse qu'il attendait. Son sourire s'est élargi et il s'est encore approché de moi.

« "C'est bien. Tu ne dois pas avoir peur, m'a-t-il rassurée, le visage presque aussi empourpré que le mien. C'est absolument naturel.

« "Bien. Passons à la leçon numéro deux, a-t-il annoncé, s'écartant brusquement. Imagine que je sois le garçon qui te plaît, celui dont tu espérais secrètement qu'il ferait attention à toi. Maintenant, il t'a vue et, comme je le disais tout à l'heure, il t'invite à le rejoindre dans le hall.

« "Fais comme si tu allais dans les toilettes des filles", m'a-t-il dit, reprenant une voix différente. Même sa façon de se tenir était différente. Son sourire était différent. "Personne ne remarquera rien, Cathy. Allez. Tu pars devant et je te suis. Et puis, au dernier moment, tu files vers la sortie. Je te rejoins à l'extérieur, juste à côté de la porte. On va aller dans ma voiture. Personne ne s'en apercevra, je t'assure", a-t-il répété, d'un ton persuasif.

« Ça me faisait un drôle d'effet de jouer cette comédie avec mon père. Mais, en même temps, c'était très exaltant, comme si j'étais dans un sit-com ou un de ces feuilletons à l'eau de rose que l'on voit, l'après-midi, à la télévision.

« Il s'est encore approché de moi, a jeté un regard de droite et de gauche, comme pour vérifier qu'on ne nous surveillait pas, puis il m'a pris la main et m'a doucement caressé la paume du bout des doigts.

« "Viens, m'a-t-il dit. J'ai envie d'être un peu seul avec toi. Il y a trop de monde ici. On ne s'entend pas. Il y a tant de choses que je voudrais te dire, Cathy. S'il te plaît. Juste quelques instants, d'accord ?"

« Je pouvais à peine parler. J'avais peur de dire non. Et puis papa avait raison : il y avait une autre voix, au fond de moi, une toute petite voix — elle était à peine audible, mais elle était bien là —, une voix qui me poussait à y aller, une voix qui me chuchotait que, dehors, ce serait sans doute beaucoup plus amusant.

« "Ne me laisse pas tomber, Cathy. Je t'en prie, m'a-t-il imploré.

« – Qu'est-ce qu'il faut que je fasse ?" me suis-je écriée, cédant une fois de plus à la panique.

« Papa m'a dévisagée. Il y avait une telle sévérité dans son regard que ça m'a glacée.

« "Ou tu y vas, ou tu refuses, m'a-t-il répondu, en reprenant sa voix normale. Alors ? C'est oui ou c'est non ? Tu veux y aller, n'est-ce pas ? N'est-ce pas ?

« – Un peu, je crois, ai-je reconnu.

« – O.K... C'est bien, m'a-t-il félicitée. Tu fais preuve d'honnêteté. Je préfère cela, plutôt que tu ne prétendes le contraire. Nous allons simplement devoir passer plus rapidement que prévu à la leçon suivante, a-t-il dit, se détournant un moment, comme s'il avait besoin de réfléchir.

« "Où pourrions-nous bien aller ? Quel serait l'endroit idéal pour poursuivre ton apprentissage ?" a-t-il monologué. Son visage s'est soudain éclairé et il a fait brusquement volte-face.

« "Je sais !" s'est-il écrié.

« Il m'a tendu la main pour m'entraîner sur le palier. Je pensais que nous allions descendre, mais il a emprunté le couloir et s'est dirigé vers la pièce voisine.

« Je n'étais pas allée très souvent dans la chambre de mes parents. À vrai dire, je n'avais rien à y faire. Je n'aidais au ménage qu'en bas : dans le salon, la salle à manger, la bibliothèque et la cuisine — sans oublier ma chambre et ma salle de bains, évidemment.

« Je ne me souvenais pas avoir jamais été seule dans cette pièce avec mon père. Ça me faisait une étrange impression, presque comme si je venais de pénétrer dans une chambre secrète à laquelle on accédait par un passage dérobé.

« "Voyons, a-t-il repris, en s'immobilisant sur le seuil, pour jeter un regard à l'intérieur. Oui, c'est ça. Mon lit fera l'affaire."

« Il changea de nouveau d'attitude, se retournant vers moi, un singulier sourire aux lèvres.

« "Oh ! Cathy, m'a-t-il dit. Je savais que tu le ferais pour moi. Je savais que tu viendrais. Je savais que tu m'aimais un petit peu, malgré tout. Moi aussi, je t'aime bien, tu sais. Peut-être même que c'est plus que ça, nous deux. 'Bien', c'est pour les enfants. Mais nous ne sommes plus des enfants, Cathy.

« "C'était tellement étouffant, tellement bruyant là-dedans. C'est mieux, ici, non ? Viens. Personne ne pourra nous voir dans ma voiture", a-t-il ajouté, en m'attirant vers le lit.

« Il a fait le geste d'ouvrir une portière et de se glisser dans un véhicule imaginaire.

« "On aura plus de place sur la banquette, m'a-t-il affirmé en s'asseyant. Eh bien ! viens, monte. Qu'est-ce que tu attends ?" m'a-t-il lancé, en me tendant la main. J'ai répondu à son invite et je me suis assise à côté de lui.

« "Ferme la portière, nunuche !" m'a-t-il chuchoté.

« – Comment ? lui ai-je demandé, complètement désorientée.

« – La portière de la voiture, Cathy. Ferme la portière.

« – Oh !" me suis-je exclamée, confuse. Et, bien que me sentant parfaitement ridicule, j'ai fait celle qui se penchait pour atteindre la poignée et claquer la porte.

« "Tu veux une cigarette ?" m'a-t-il demandé.

« – Une cigarette ? me suis-je étonnée. Non. Non, je ne fume pas."

« Il a souri.

« "Tu as bien raison. Ce serait dommage d'encrasser de si jolis poumons, pas vrai ? m'a-t-il dit, en glissant son bras autour de ma taille. Allez, relax ! Maintenant qu'on n'a plus cette bande de pingouins coincés pour nous reluquer, tu peux te laisser aller. Ce n'est pas comme si on faisait quelque chose de mal. C'est leur regard qui salit tout, pas nous."

« C'était si bizarre d'entendre mon père parler comme ça. Mais, en même temps, son visage avait tellement changé : la façon dont ses lèvres se retroussaient pour dessiner ce curieux petit sourire ; l'étincelle dans ses yeux… tout ce sur quoi mon regard se posait semblait appartenir à quelqu'un d'autre, quelqu'un… quelqu'un avec lequel je n'aurais pas aimé me retrouver seule, le soir, dans une voiture — ni où que ce soit, d'ailleurs.

« "Tu es très mignonne, tu sais, poursuivait-il. Tu t'en es bien cachée, avec tes fringues d'enfant de chœur toujours trop grandes pour toi. Tu voulais garder ton secret. Mais, moi, j'ai toujours su qu'il y avait une jolie fille là-dessous. Les autres sont tellement m'as-tu-vu ! Ça frime et ça allume à tout va. Les pauvres ! Elles n'ont encore rien compris ! Mais, toi, tu es différente, Cathy. Tu es une fille de chair et de sang, avec un cœur et quelque chose dans la tête : le genre de fille dont je pourrais bien tomber amoureux. Et je ne plaisante pas, Cathy. Je suis vraiment sincère."

« Je dois bien reconnaître que ce n'était pas désagréable à entendre. Combien de fois n'avais-je pas rêvé qu'un garçon murmurerait, un jour, de tels mots rien que pour moi ? C'était comme si papa avait été dans ma tête, comme s'il avait écouté ces pensées qui me venaient, certaines nuits, et qu'il avait surpris la petite voix dont il m'avait parlé, la petite voix qui me disait que je serais prête à tout pour me faire aimer.

« Et, sans crier gare, il m'a embrassée dans le cou. Je ne m'y attendais tellement pas ! Ça m'a fait des frissons partout. Brusquement, je me suis sentie toute molle, mais tout énervée en même temps.

« "Hum ! Tu es sucrée, a-t-il soupiré à mon oreille, avant de se mettre à en mordiller le lobe. Aussi douce et chaude que je l'avais imaginé."

« Je ne m'étais pas rendu compte que, pendant qu'il me susurrait tout ça, sa main avait quitté mon épaule pour glisser dans mon dos. Soudain, j'ai senti la fermeture de ma robe descendre. Mais il avait recommencé à m'embrasser dans le cou pour remonter vers mon visage et m'effleurer les joues de ses lèvres humides, et je crois que ça m'avait complètement hypnotisée. Une sorte d'engourdissement s'était emparé de moi, me tétanisant des pieds à la tête.

« Il a ouvert ma fermeture Éclair pratiquement jusqu'à la taille, puis m'a ôté mes bretelles. Ce qu'il faisait me stupéfiait tellement que j'étais littéralement pétrifiée, en état de choc.

« "Moi aussi, je te plais, hein, Cathy ? a-t-il chuchoté. Dis-le-moi. Allez, Cathy, dis-le-moi. Dis-le-moi", répétait-il.

« Et je l'ai fait. J'étais incapable de résister, c'était plus fort que moi. Et, pendant tout ce temps, je me disais : *Est-ce que c'est vraiment ce qui va m'arriver ?*

« Il n'a pas cherché à m'enlever ma robe. Il a juste baissé le haut et, dès que ma poitrine a été découverte, il m'a embrassée à pleine bouche. J'ai écarquillé les yeux. Il avait dégrafé mon soutien-gorge et, dans la seconde qui suivait, il me renversait sur le lit. Je pouvais à peine respirer. Je voulais qu'il arrête. C'était si... si... embarrassant.

« J'ai dû parvenir à formuler une protestation parce qu'il s'est subitement redressé, les prunelles dilatées, pantelant. Il avait le visage et le cou tout rouges et il semblait avoir du mal à reprendre haleine.

« "Bien, a-t-il finalement réussi à articuler, d'une voix à peu près normale. Arrêtons-nous là et examinons, point par point, l'ensemble du processus. Que vient-il de t'arriver, exactement ? m'a-t-il demandé.

« – Je… je ne sais pas ! me suis-je écriée, au bord des larmes. Ça s'est passé si vite !

« – Justement. C'est comme ça que les garçons s'y prennent. Ils ne demandent pas la permission pour chaque caresse ou chaque baiser qu'ils convoitent. Une chose en entraîne une autre et tu te retrouves à demi nue, prête pour l'étape suivante, m'a-t-il expliqué.

« – Parce qu'il y a encore pis ? me suis-je exclamée.

« – Oh oui !" m'a-t-il répondu d'un ton propre à m'alarmer. Il s'est passé la main dans les cheveux, a jeté un coup d'œil au lit de ma mère, puis il a poursuivi, sans se retourner : "Bon. Dépêche-toi de te rhabiller et revoyons l'épisode en détails, le but étant de te préparer à affronter la situation au mieux."

« Je lui ai obéi et j'ai attendu la suite de la leçon. Après un long moment de silence — pendant lequel son visage a peu à peu recouvré son teint habituel —, il s'est enfin tourné vers moi.

« "Quelles fautes as-tu commises ?" m'a-t-il lancé, de but en blanc.

« Je lui ai dit que je ne savais pas.

« "Comment ça, tu ne sais pas ? s'est-il emporté. Comment peux-tu ne pas le savoir ?

« – Tout s'est passé si vite, papa ! ai-je glapi, affolée par son air revêche. Et puis, je ne savais pas ce que tu voulais que je fasse.

« – O.K., O.K., s'est-il repris. D'abord, tu es montée dans cette voiture beaucoup trop facilement. Voyant cela, n'importe quel garçon s'attendrait à te trouver consentante. Sinon, pourquoi serais-tu montée ?

« – Pour bavarder. C'est ce que j'ai cru, ai-je timidement protesté.

« – Les garçons n'ont pas vraiment envie de bavarder, Cathy. Peut-être un peu après, mais pas au début. La discussion promise n'est qu'un prétexte pour t'attirer dans leur voiture. Ce qui ne veut pas dire que tu ne puisses pas sortir avec un garçon et le suivre dans sa voiture. Cela veut dire, simplement, que tu dois fixer les règles du jeu. Et vite. Dès que tu es montée dans la voiture et que je t'ai embrassée, tu aurais dû me signifier clairement que tu n'irais pas plus loin, m'a-t-il expliqué. Tu n'as même pas retenu ma main quand je t'ai déshabillée. Tu aurais pu m'arrêter ou, au moins, me faire hésiter. En te voyant te comporter de cette façon, n'importe quel garçon se dirait qu'il peut aller encore plus vite en besogne.

« "L'essentiel pour toi, a-t-il enchaîné, après avoir repris son souffle, c'est de décider jusqu'où tu veux aller sans risquer de perdre le contrôle de la situation, tu comprends ?"

« J'ai hoché la tête en silence.

« "Bien, a-t-il dit, en se levant. Bien." Il a regardé le réveil sur sa table de nuit. "Nous n'aurons pas le temps d'en faire plus, aujourd'hui, a-t-il déclaré. Ta mère devrait revenir d'un moment à l'autre. Tu ferais mieux d'enlever ta robe et de la remettre dans sa boîte. Je la garderai dans le coffre de ma voiture."

« Nous savions parfaitement, l'un comme l'autre, qu'aussi improbable qu'ait pu être la cachette que nous aurions trouvée, ma mère l'aurait immanquablement découverte.

« Je suis retournée dans ma chambre et j'ai fait ce que mon père m'avait demandé. Il a ensuite pris la boîte et il est sorti. Ma mère n'était pas rentrée que, déjà, ma robe avait disparu.

« Je me sentais affreusement mal, après tout ce qui venait de se passer : à la fois troublée, angoissée et coupable. Mais à qui aurais-je bien pu en parler ? Si ma mère avait appris ce que mon père avait fait pour moi et… ce qu'il m'avait fait subir, ça aurait été l'enfer à la maison. Comme tu le disais tout à l'heure, Misty, certains mensonges sont parfois nécessaires. Toute vérité n'est pas bonne à dire, conclus-je, avant de me caler contre le dossier du canapé, les yeux baissés.

Une fois de plus, je sentais leurs regards rivés sur moi. Jade fut la première à briser le silence.

– Tu ne savais pas encore que tu étais une enfant adoptée, à ce moment-là. Tu croyais donc que c'était ton vrai père, nous sommes bien d'accord ? me demanda-t-elle.

– Oui.

– Mais alors, n'as-tu pas trouvé que c'était… un peu… comment dire ?
– Dégoûtant ? suggéra Star.
– Oui, dégoûtant, acquiesça Jade.
– Non. Non, pas sur le moment, leur répondis-je. En fait, je ne savais pas trop ce que je devais en penser. Quand il me touchait, ça me faisait peur et ça me perturbait énormément. Mais je trouvais aussi qu'il était vraiment très gentil de vouloir m'aider, de s'intéresser à des choses aussi… aussi futiles pour un père, je suppose, qu'une robe de bal, et de faire pour moi ce que les mères des autres filles devaient faire pour elles. Enfin, j'imagine. Et puis, ce qu'il me disait au sujet des garçons était intéressant et pouvait m'être très utile. Ma mère n'aurait jamais abordé ce genre de question avec moi. Je vous ai déjà raconté comment elle avait réagi en voyant ma poupée Barbie. Tout ce qui touchait, de près ou de loin, au physique, lui répugnait et la moindre allusion au sexe la rendait hystérique.

« Après coup, je me suis dit que papa cherchait simplement à m'éviter les ennuis, sans pour autant vouloir m'empêcher de m'amuser et de vivre la vie normale d'une fille de mon âge ; ce qui ne semblait vraisemblablement pas être le cas de ma mère.

« Non, répétai-je dans un souffle, la gorge nouée et les larmes aux yeux. Je ne l'ai pas détesté tout de suite. Pas à ce moment-là, pas encore.

– C'est bien, Cathy, intervint le Dr Marlowe, d'une voix douce. C'est bien. Nous savions, toi et moi, qu'elles pourraient réagir comme cela, au début, n'est-ce pas ? N'est-ce pas, Cathy ?

Je me tournai vers elle et la fusillai du regard. J'étais très en colère contre elle. Je lui en voulais terriblement de m'avoir fait venir ici et de m'avoir poussée à dire ces choses que je n'avais encore jamais dites à personne — sauf à elle, bien sûr. J'étais si furieuse que la rage m'étouffait.

– Cathy ? insista-t-elle.

– Ça va, aboyai-je, les yeux obstinément rivés au plancher. Je croyais qu'il faisait ça pour mon bien, c'est tout, maugréai-je à mi-voix. Je croyais qu'il voulait m'empêcher de devenir une fille facile.

– Et pourquoi aurait-elle pensé autrement ? s'écria Misty. Il lui achetait des jolies choses et il se montrait gentil avec elle. Il semblait se soucier d'elle, vouloir prendre soin d'elle ; plus que sa mère, en tout cas.

– Je suis désolée, souffla Jade. Je ne voulais pas te culpabiliser et, moins encore, te faire de la peine. Je suis sincèrement désolée.

– Moi aussi, affirma Star. Sans blague. Ce n'est pas ta faute si tu en es là, aujourd'hui.

Je gardais le silence. Plongée dans mes réflexions, j'essayais de reconsidérer ma façon de voir les choses, sans me voiler la face, d'être honnête envers moi-même.

– Si, c'est ma faute, soupirai-je finalement. C'est ma faute, la faute de ma mère et la faute de mon père.

Je relevai les yeux.

– Je voulais qu'on m'aime. Je voulais qu'on ait besoin de moi. Il y avait bien d'autres voix qui hurlaient au fond de moi pour se faire entendre, mais je les ai muselées. Je pensais que papa allait peut-être faire de moi une « fille formidable », comme il disait. Peut-être que, grâce à lui, j'allais prendre autant d'assurance que les filles les plus expérimentées du lycée. Peut-être que les garçons allaient vraiment me remarquer ? Et, pourquoi pas, tomber amoureux de moi ? Peut-être que, grâce à lui, je pourrais devenir la fille qui aurait le plus de succès au bal de fin d'année ? Je me disais : *Je vais toutes les étonner. Avec l'aide de papa, je surprendrai tout le monde. Je me surprendrai même moi-même.*

« *Pourquoi est-ce que je ne pourrais pas être belle, moi aussi ? J'en ai assez d'être un monstre, d'être mise à l'écart, de devoir me cacher. J'en ai assez qu'on se moque de moi. J'en ai assez d'avoir honte : honte de mon corps, de ma façon d'être habillée, de ma façon d'être, tout court.* Avec papa, je me sentais plus jolie, plus mûre. Grâce à lui, je me sentirais plus sûre de moi, plus confiante, mieux qu'elles.

« Quand j'entendais les voix qui s'élevaient en moi pour m'avertir que ce que nous faisions n'était pas normal, que c'était mal, je les réduisais au silence. Je leur disais : *Taisez-vous ! Laissez-moi tranquille ! Et ne vous avisez pas d'essayer de m'arrêter, plus maintenant, plus jamais.*

« Peut-être que j'étais aussi immorale que lui. Cette nuit-là, j'étais certes angoissée en m'endormant, mais j'étais aussi très excitée à la perspective du bal et à l'idée de rencontrer des garçons...

Je me tournai vers le Dr Marlowe.

– C'est peut-être ça, la raison, lui dis-je, faisant allusion à la fameuse question que nous avions laissée en suspens à la fin de chacune de mes séances, jusqu'à présent. C'est peut-être pour ça que je n'arrive pas à le haïr autant que ma mère le voudrait, autant que tout le monde voudrait que je le haïsse.

Elle hocha la tête, un petit sourire indulgent aux lèvres.

Je me suis retournée vers les filles.

Et je me suis dit : *C'est bien ce que tu fais là. Et tu vas continuer. Quoi qu'elles disent, quoi qu'elles fassent, tu vas continuer. Qu'importe leurs regards choqués et cette réprobation que tu liras sur leur visage !*

Oui, maintenant, je le sais. Plus rien ni personne ne pourra m'arrêter.

Et j'irai jusqu'au bout.

8

– Comme d'habitude, mon père était parti travailler avant même que je ne descende prendre mon petit déjeuner. J'avais fait de curieux rêves, cette nuit-là. Des rêves pleins de couleurs éclatantes, d'endroits bizarres et de visages inconnus. Je me revois traversant un champ de nuages multicolores qui, en se dissipant, me révélaient des rangées de bras sortant de terre, avec des mains qui s'agitaient, comme des épis de maïs balancés par le vent, leurs doigts griffus m'agrippant comme des serres. Je me tournais, me retournais, me débattais en tous sens pour leur échapper. Mais ils s'inclinaient toujours dans ma direction, comme s'ils pouvaient me voir, et je devais courir, zigzaguant constamment pour les éviter et m'arracher à leur emprise.

« J'avais dû m'agiter dans mon lit, aussi, parce que, quand je me suis réveillée, j'avais mal partout, surtout ici et là, précisai-je, en désignant le creux de ma taille et l'arrière de mes jambes.

« Je craignais qu'au premier regard ma mère ne s'aperçoive de quelque chose et qu'elle ne me mitraille de questions. Mais elle était accaparée par son four électrique — qui, apparemment, refusait de fonctionner — et elle bougonnait dans son coin, pestant contre tous ces "appareils de la vie moderne" qui ne faisaient que créer des problèmes à la mesure de leur complexité, au lieu d'apporter des solutions aux problèmes simples qu'ils étaient censés résoudre, du moins dans "toutes ces publicités attrape-nigauds" qui en vantaient les prétendus mérites.

« C'était aussi bien parce que je me sentais vraiment mal, surtout après ce que papa et moi avions fait, et j'étais persuadée qu'elle s'en rendrait compte. J'aurais probablement été encore plus mal, s'il n'y avait eu cette conversation que j'avais entendue au déjeuner. Debbie Hartley parlait de son dernier petit copain en date : Alex Lomax. En fait, elle se plaignait de la façon dont il s'était comporté avec elle. S'il y a une fille populaire, au lycée, c'est bien Debbie. Tout le monde veut devenir sa copine. Il faut dire que c'est elle qui a le plus d'expérience en matière de flirt — c'est ce qu'on prétend, du moins. Alors, quand elle dit quelque chose à propos des garçons ou de ses aventures, les filles sont toutes pendues à ses lèvres, comme si tout ce qui sortait de sa bouche était parole d'évangile. Cela dit, je ne faisais pas exception à la règle.

« J'étais assise à la cantine, à portée de voix de sa table et j'essayais de faire celle qui ne prêtait pas la moindre attention à la discussion, quand elle a commencé à raconter comment Alex l'avait attirée dans la nouvelle Cadillac de son père, la veille au soir, dans l'intention de l'emmener faire un tour, assurait-il, pour finir, en fait, par se garer dans une espèce de terrain vague désert, n'ayant toujours eu qu'une seule idée en tête : réussir à la coincer sur la banquette arrière "où, s'est-elle étranglée, il a eu le culot de sortir un préservatif !".

« J'ai dressé l'oreille. C'était, à peu de chose près, le scénario que papa avait imaginé.

« "En voyant ma tête, il a eu le front de prétexter que, quand je lui avais expliqué, quelques jours avant, que je n'étais pas encore prête, j'avais voulu dire qu'on n'avait pas de protection sous la main ! s'est-elle indignée. Évidemment, il a tout essayé : et qu'il m'aimait du plus profond de son cœur, et qu'il ne pouvait plus dormir tellement il pensait à moi, et que je t'embrasse dans le cou, et que je te mordille l'oreille... enfin, bref, il ne s'y serait pas pris autrement avec un moteur à réaction présentant des problèmes d'allumage !

« – Et qu'est-ce que tu as fait ? lui a demandé Judy Gibson.

« – Je lui ai dit que s'il n'embrayait pas immédiatement la marche arrière, j'allais lui mettre un coup de genou où je pense et qu'il s'en souviendrait jusqu'à la fin de ses jours, a-t-elle répondu, la voix vibrante de colère. Non mais ! vous imaginez un peu ? Utiliser le fait que je n'étais pas prête à faire ça pour me pousser à le faire ! S'il ne faut pas être pervers ! Les garçons font exprès de ne pas comprendre ce qu'on leur dit, ou mieux : ils l'interprètent à leur manière pour obtenir ce qu'ils veulent", a-t-elle affirmé. Toutes les filles ont hoché la tête en chœur, comme des marionnettes actionnées par une même ficelle.

« "Tu ne vas pas venir à la soirée de l'école avec lui, alors ? en a conclu Betty Anderson.

« – Bien sûr que si ! Il est craquant, non ? Oh ! Je saurai bien le dresser, faites-moi confiance. Il se tiendra à carreaux, maintenant. Mais on a intérêt à leur montrer qui mène la danse. Et vite, sinon…

« – Sinon quoi ? lui a demandé Judith, qui trépignait d'impatience.

« – Sinon, tu te retrouveras à pousser un landau dans la galerie marchande du Beverly Center", lui a assuré Debbie.

« Une fois de plus, toutes les filles ont hoché la tête avec un bel ensemble, les yeux écarquillés et la bouche arrondie sur une même exclamation d'horreur. Les battements de mon cœur s'étaient accélérés. Je me disais : *Papa a raison. Il m'apprend les choses qu'il faut savoir.* Si toutes ces filles, qui étaient censées avoir bien plus d'expérience que moi, étaient si vulnérables avec les garçons, qu'en serait-il de moi ?

– Je parie que tout ça, c'était rien que des salades, décréta Star. Cette fille essayait juste de se faire mousser devant sa cour de brebis bêlantes, un point c'est tout.

– Tu crois ? m'étonnai-je, incrédule.

– Sinon pourquoi elle rabaisserait son copain comme ça devant les autres, à ton avis ?

– Star a raison, approuva Jade. Je connais des filles qui jouent à ce petit jeu-là. Elles inventent n'importe quoi pour se faire passer pour plus expérimentées qu'elles ne le sont réellement. À moins qu'elle ne s'amuse à tourmenter tous les garçons avec lesquels elle sort, évidemment.

– Ça se peut, admit Star. Elle ne serait pas la première. Mais, allumeuse ou pas, je suis sûre que c'est une embobineuse, ta Debbie.

Misty n'avait encore rien dit, mais elle salua ce verdict d'un hochement de tête convaincu.

Comme j'aurais aimé être aussi averties qu'elles, pouvoir décoder toutes ces choses qui me paraissaient si complexes, si mystérieuses !

– Toujours est-il que ce qu'elle avait dit au déjeuner ne m'a pas quitté de la journée, poursuivis-je. Même sur le chemin du retour et quand je me suis mise à faire mes devoirs, ça me trottait encore dans la tête. Papa est rentré tard, ce soir-là, et, dès son arrivée, ma mère s'est plainte de son haleine qui empestait l'alcool. Il avait effectivement l'air d'avoir bu plus que de coutume : ses yeux étaient plus rouges que d'habitude et, pendant qu'elle l'assommait de reproches et qu'elle lui faisait la morale, il ne se départait pas de ce petit sourire canaille qui disait assez à quel point il se moquait de ce qu'elle lui racontait.

« Il ne m'a rien dit de spécial, mais, à table, je l'ai surpris qui me regardait à plusieurs reprises. Il m'a même fait un clin d'œil. Chaque fois, je regardais ma mère pour m'assurer qu'elle ne s'en apercevait pas, mais elle avait trop à faire avec sa cuisine et le récit des mésaventures de son grand-oncle Willy, qui était devenu alcoolique à force de boire son petit apéritif quotidien avec les copains et qui avait fini dans le ruisseau, malade et sans le sou. C'était l'une de ces histoires de famille qui finissent par passer dans la légende. Mon père n'avait jamais été très impressionné par cette déchéance qui entachait la généalogie de sa belle-famille et, un jour, il avait même dit à ma mère que c'était probablement sa mère à elle qui avait tout inventé.

« Ça avait mis le feu aux poudres. Ma mère s'était alors lancée dans cette longue tirade contre la famille de mon père qu'elle qualifiait de "racaille". Mais elle pouvait dire tout ce qu'elle voulait, mon père ne prenait jamais la défense des siens. En grandissant, je m'étais souvent demandé pourquoi. Il avait toujours éludé mes questions à ce sujet, se contentant de répéter à qui voulait l'entendre qu'ils n'étaient tous, selon ses propres termes, qu'une "bande de cinglés". D'après lui, il valait mieux faire comme s'ils n'existaient pas, comme s'ils n'avaient même jamais existé.

« Après dîner, mon père s'était endormi dans son fauteuil, le nez dans son journal ; ce qui n'avait fait qu'encourager ma mère à poursuivre son sermon — sauf que, cette fois, c'était moi qui avait l'honneur et l'avantage d'en bénéficier !

« "Tu vois ce que ça donne de se saouler, me disait-elle, en désignant mon père du menton. Il vaut mieux pour toi ne jamais tremper les lèvres dans un seul verre d'alcool, crois-moi."

« En repensant à ce qui s'était passé chez Kelly, j'avais plutôt tendance à lui donner raison.

« Au bout d'un quart d'heure de laïus, j'ai tout de même réussi à m'échapper en invoquant un devoir à terminer. Elle est montée se coucher peu de temps après. J'ai pris mon bain et je me suis, moi aussi, mise au lit. Je venais de m'endormir quand j'ai entendu les pas de papa dans l'escalier. Il s'est arrêté devant ma chambre. J'ai retenu mon souffle. C'est alors que j'ai vu la porte s'ouvrir lentement. Papa s'est faufilé dans l'obscurité avant de la refermer sans bruit derrière lui.

« "Cathy ? Tu dors ? a-t-il murmuré.

« – Non, papa, lui ai-je répondu. Je viens juste de me coucher.

« – Parfait", a-t-il dit, en s'approchant. Il s'est assis au pied de mon lit. J'entendais sa respiration haletante, comme s'il avait monté les marches en courant.

« "Es-tu toujours aussi excitée à l'idée d'aller à ce bal ? m'a-t-il demandé.

« – Oui, papa, ai-je acquiescé.

« – Bien, a-t-il dit. Alors c'est le moment de poursuivre la leçon". Il s'est levé pour venir s'asseoir plus près de moi. "Tu te souviens où nous en restions restés ? Ce garçon te plaît et tu veux lui plaire, toi aussi. Cela dit, les garçons sont capables de faire des choses tout à fait inattendues, tellement surprenantes même que tu ne sais plus où tu en es. À tel point que tu risques de perdre tout self-control", m'a-t-il avertie ; ce qui était quasi ce que Debbie avait raconté à ses copines au lycée.

« J'ai entendu ce qui ressemblait à un froissement d'étoffe. L'instant d'après, il soulevait drap et couverture pour s'allonger auprès de moi.

« Quand j'étais petite, il avait déjà fait ça. Un soir, pendant que ma mère était occupée en bas, il était venu dans ma chambre, s'était glissé dans mon lit, puis il m'avait serrée contre lui en me caressant les cheveux et il m'avait fait des câlins en me parlant des choses que nous ferions un jour ensemble. J'avais toujours rêvé de revivre ça.

« "Bon. Maintenant, souviens-toi où nous en étions quand nous nous sommes arrêtés, la dernière fois, m'a-t-il chuchoté à l'oreille. Tu es sur la banquette arrière de sa voiture. Il t'a embrassée et il t'a dit qu'il t'aimait, qu'il avait besoin de toi et qu'il voulait que tu l'aimes et que, toi aussi, tu aies besoin de lui. Et tout ça t'a plu, t'a émue. Tu voudrais bien que ça se réalise. C'est alors qu'il passe rapidement à l'action", m'a-t-il prévenue, en posant sa main sur ma cuisse.

« J'ai retenu mon souffle, attendant qu'il me dise ce que je devais faire. Et puis, comme il ne disait rien, j'ai pensé qu'il voulait que je le repousse, mais, avant que j'aie eu le temps de réagir, il a brusquement fait remonter sa main entre mes jambes et il a commencé à la remuer doucement.

« "Quand il te touche là, c'est une tout autre histoire, a-t-il affirmé dans un souffle brûlant. La fameuse petite voix devient plus forte, n'est-ce pas ?" Et, sans attendre ma réponse, il s'est mis à soupirer, en reprenant son autre voix : "Oh ! Cathy ! tu es si douce !"

« C'est alors que, sans crier gare, il s'est collé à moi. J'ai senti quelque chose de chaud et de dur contre l'intérieur de ma cuisse. Il avait raison quand il m'avait annoncé que ça me surprendrait. Comme il me l'avait prédit, j'ai été frappée de stupeur, muette. Je ne pouvais plus bouger. C'était plus qu'un simple choc : j'étais littéralement changée en statue.

« "Il voudra que tu le touches, Cathy. Il faut que tu saches ce qu'il éprouve pour savoir à quoi t'attendre. Là, a-t-il haleté. Tu sens ce qui lui arrive ? Tu le sens ?"

« Il a guidé ma main et j'ai cru sentir son pouls battre sous ma paume.

« J'ai étouffé un cri et je me suis caché le visage dans l'oreiller.

« "C'est parfait, m'a-t-il dit. Parfait. Exactement la réaction que tu dois avoir. Mais, au moins, maintenant, tu sais à quoi t'en tenir. C'est bien, non ? Non ?" m'a-t-il demandé. Il a insisté comme ça jusqu'à ce que je hoche la tête contre l'oreiller. "C'est bien, c'est bien, répétait-il. C'est bien." Mais il psalmodiait ça comme un exorcisme et, au ton de sa voix, on aurait pu penser qu'il avait eu aussi peur que moi.

« Il s'est levé et je l'ai entendu se rhabiller dans le noir avant de se diriger vers la porte.

« "Bonne nuit, Cathy, a-t-il murmuré. C'était la leçon de cette nuit. Il n'en reste plus qu'une, encore un tout petit pas de plus à faire." Et il est sorti en refermant doucement la porte derrière lui.

« Il n'était pas parti que je me mettais à pleurer. Je pleurais, je pleurais, je ne pouvais plus m'arrêter. Et puis, brusquement, la colère m'a gagnée. *Qu'est-ce que tu as à sangloter comme ça, à la fin ? me suis-je dit. Tu n'as plus cinq ans, tout de même ! Non mais ! Rends-toi compte de tout ce que papa fait pour toi. En moins de trois minutes, tu viens de prendre des mois, peut-être même des années d'avance sur les autres filles. Les pauvres ! Elles vont probablement découvrir ça sur le vif, sans savoir ce qui les attend. Te voilà plus mûre, mieux armée, peut-être même mieux renseignée que Debbie Hartley, maintenant. Cesse donc de pleurnicher ! Tu n'es plus un bébé. Cesse de te comporter comme une gamine !*

– Merde, Cat ! tu devais tout de même bien savoir que tout ça n'était pas bien du tout ! s'est exclamée Star.

– Je croyais que c'était bien ! protestai-je avec véhémence. Je ne savais pas. Je n'avais personne à qui parler. Papa n'avait jamais été aussi gentil avec moi ! Personne n'était gentil avec moi, personne ! m'écriai-je, en tentant vainement de retenir des larmes de rage.

– Allons, Cathy, intervint aussitôt le Dr Marlowe. Nous avons déjà parlé de tout cela, et suffisamment longtemps pour ne pas y revenir. Tu n'as pas à te sentir coupable. Tu n'as pas à avoir honte. Tu n'as pas à craindre le jugement des autres. Elles te comprennent, dit-elle, d'un ton insistant, en se tournant vers mes trois camarades.

Misty hocha la tête.

– Est-il en prison, au moins ? demanda Jade.

– Non.

– Pourquoi ?

– Laisse Cathy avancer à son rythme, Jade, lui intima le Dr Marlowe. Si elle veut continuer, du moins, ajouta-t-elle, en me lançant un regard interrogateur.

Les filles me dévisagèrent avec anxiété. Contrairement à ce que j'avais imaginé, elles avaient moins l'air scandalisé ou réprobateur qu'inquiet, comme si elles avaient vraiment peur. Peur pour moi, mais peut-être aussi peur de ce qu'elles allaient entendre. Je commençais à penser que, de toutes, c'était finalement moi la plus forte.

– Je vais continuer, lui répondis-je.

Misty se pencha pour me prendre la main, un chaleureux sourire aux lèvres. J'ai pris une profonde inspiration et j'ai enchaîné :

– Papa a été très occupé pendant les deux jours qui ont suivi. Je crois qu'il s'était passé quelque chose de terrible à la Bourse. Il n'est même pas rentré dîner, le mercredi. Le jeudi, il nous a pourtant surprises, toutes les deux, en nous annonçant qu'il devait aller à Santa Barbara voir un gros client, le lendemain. Comme il ne devait partir qu'en fin d'après-midi, ça nous offrait la possibilité de l'accompagner. Il nous a même proposé de dîner dans un petit restaurant sur la plage et de passer la nuit sur place.

« "C'est une ville superbe, Santa Barbara, et puis il y a plein de beaux magasins. Tu pourras faire du shopping, Géraldine", a-t-il dit à ma mère.

« Évidemment, ça n'a pas manqué. Santa Barbara était si proche. Et puis, pourquoi aller passer la nuit dans un hôtel hors de prix, au risque d'attraper n'importe quoi en dormant dans les draps souillés par des étrangers ? Et voilà ma mère repartie, enfourchant son cheval de bataille favori, autrement dit : sa théorie selon laquelle, s'il y avait tant de maladies dans le monde, c'était à cause des voyages et des gens qui, en se déplaçant, transmettaient germes et virus à foison. Elle était particulièrement intransigeante avec les transports aériens — les germes n'avaient-ils pas des heures et des heures pour s'y propager ? — et n'avait, d'ailleurs, jamais pris l'avion, précisément pour cette raison. Et elle n'allait certainement pas aller à Santa Barbara, surtout pour passer la nuit dans un lit aux draps douteux, au risque d'attraper tout ce que des centaines d'inconnus avaient laissé derrière eux en partant !

« "Oh ! quel dommage !" s'est exclamé papa. Puis il s'est tourné vers moi et m'a demandé si je voulais venir avec lui. "C'est sur le compte de la boîte. Ça passera en frais de déplacement, a-t-il précisé. C'est le client qui paiera, de toute façon. Je peux même nous avoir une suite."

« J'ai jeté un coup d'œil indécis vers ma mère. Je ne sais pas si elle pensait que j'allais réagir comme elle, ou si elle se moquait éperdument de ce que j'allais décider. Toujours est-il qu'elle n'a pas paru le moins du monde intéressée par ma réponse. Papa m'a décoché un regard appuyé, comme pour me faire comprendre qu'il tenait absolument à ce que je vienne.

« "Nous rentrerons assez tôt pour que tu aies le temps de te changer pour le bal", a-t-il ajouté. Il a alors lorgné vers ma mère pour s'assurer qu'elle ne nous voyait pas et m'a fait un clin d'œil.

« "D'accord, ai-je répondu.

« – Bien, a-t-il immédiatement enchaîné. Je passerai en coup de vent pour te prendre après ton retour de l'école et nous filerons immédiatement pour éviter les embouteillages de fin de journée. Tu es sûre que tu ne veux pas venir avec nous, Géraldine ?

« – Évidemment que je suis sûre !" s'est exclamée ma mère, en haussant les épaules d'un air excédé.

– Mais, ne se rendait-elle donc pas compte de ce qui se passait ? s'insurgea Jade, le visage empourpré d'indignation.

J'ai secoué la tête.

– C'était si impensable pour elle. Jamais elle n'aurait pu imaginer une chose pareille.

– Eh bien ! elle ne doit pas être très bien dans ses baskets, maintenant, persifla Star.

– Elle se fait des reproches, c'est vrai. Mais c'est surtout à lui qu'elle en veut, lui répondis-je. Et à moi, bien sûr.

– Peu importe qui est ou non à blâmer. Que s'est-il passé, après ? s'impatienta Jade. Es-tu partie avec lui, finalement ?

– Oui. J'ai passé toute la journée du lendemain dans un état fébrile. Au lycée, tout le monde ne parlait plus que du bal. Certaines filles sont venues me demander ce que j'allais porter. Quand j'ai décrit la robe que mon père m'avait achetée, j'ai vu des lueurs d'envie dans leurs yeux. Ça m'a rendue plus sûre de moi et même plutôt fière, et plus reconnaissante encore envers mon père.

« Quand je suis rentrée, j'ai préparé un petit sac pour la nuit. Ma mère se comportait exactement comme si elle avait oublié, ou comme si elle n'avait pas prêté suffisamment attention à la conversation de la veille pour réaliser que je partais avec mon père. En tout cas, elle n'a rien fait pour m'en empêcher. Pourquoi l'aurait-elle dû, d'ailleurs ?

« Elle m'a juste dit : "Surtout frictionne-toi bien dans ton bain, en te levant demain matin, pour te débarrasser de tous les germes que tu vas récolter en dormant dans des draps déjà utilisés par d'autres. Et couvre-toi au maximum pour te coucher", m'a-t-elle recommandé.

« Je le lui ai promis. L'instant d'après, papa passait me chercher. Dans le quart d'heure qui suivait, nous étions déjà sur la route touristique. C'était la première fois que nous allions deux jours ensemble quelque part. Alors, évidemment, j'étais plutôt nerveuse. Mais j'étais très impatiente aussi.

« Je n'avais pas claqué la portière qu'il me disait :

« "J'ai une surprise pour toi. Jette donc un coup d'œil sur la banquette arrière."

« J'ai découvert trois boîtes portant la marque d'un grand magasin.

« "Qu'est-ce que c'est, papa ? lui ai-je demandé.

« – Tu n'as qu'à regarder", m'a-t-il répondu en riant. J'ai pris les boîtes pour les poser sur mes genoux. La première, la plus petite, était remplie de produits cosmétiques : rouge à lèvres, ombre à paupières, fond de teint, etc. Les deux autres contenaient des vêtements, le genre de vêtements que ma mère m'aurait sûrement interdit de porter. Il y avait là un petit haut en coton, un pantalon corsaire noir et une paire de sandales assorties à bout carré.

« "Oh ! mais papa, me suis-je écriée. Où veux-tu que je porte ça ? Pas au lycée, en tout cas. Mère ne serait pas contente du tout, si elle me voyait dans cette tenue, tu sais.

« – C'est juste pour fêter l'occasion, m'a-t-il assuré. Nous cacherons ça avec ta robe dans le coffre de ma voiture pour une prochaine fois. Je sais très bien ce que ta mère dirait, ne t'inquiète pas, a-t-il ajouté, avec un haussement de sourcils éloquent. Mais c'est simplement parce qu'elle est vieux jeu. Elle s'est laissé dépasser. Elle ne sait pas ce qui se fait aujourd'hui." Il m'a souri, puis il s'est penché pour m'embrasser sur la joue. "Vas-y, m'a-t-il dit. Passe à l'arrière et mets-les.

« – Maintenant ? me suis-je étonnée.

« – Absolument, a-t-il acquiescé. Il s'agit de ne pas rater notre entrée quand nous arriverons à Santa Barbara."

« J'étais tellement excitée à l'idée de cette escapade. J'ai aussitôt fait ce qu'il me demandait. Si bien que, lorsque nous nous sommes retrouvés sur la route touristique, j'étais déjà métamorphosée. Le haut de coton était beaucoup trop moulant à mon goût et il avait un profond décolleté en "V" qui plongeait entre mes seins. Impossible de cacher ma poitrine, dans ces conditions. Et le corsaire était très collant aussi.

« "Je ne sais pas vraiment comment on se maquille, papa", me suis-je excusée.

Mais j'ai quand même mis un peu de rouge à lèvres.

« "Pas de problème, m'a-t-il rassurée. C'était juste pour que tu en aies. Je tiens à ce que tu prennes de l'assurance, Cathy. Ta mère a tout fait de travers, à ce niveau-là. Mais nous avons déjà commencé à redresser la barre, a-t-il ajouté, n'est-ce pas ?"

« J'étais tellement contente de ce qui m'arrivait que je me suis empressée d'acquiescer. Quand nous nous sommes arrêtés dans une station-service, j'ai bondi hors de la voiture pour aller me regarder dans les toilettes. Quelle transformation ! Je n'en revenais pas. En fait, j'ai même été un peu effrayée par cette image que le miroir me renvoyait. Était-ce vraiment moi ?

« Mais papa avait l'air si content. Quand je suis retournée à la voiture, le pompiste m'a regardée avec une insistance plutôt gênante.

« "Tu as vu ça ? m'a dit papa. Tu as vu comment ce jeune freluquet t'a reluquée ? Tu es très séduisante, Cathy. Ne t'avise pas de penser le contraire."

« Quel bonheur ! J'ai eu envie de lui sauter au cou pour le remercier. Je me sentais si bien, tout à coup. Il s'occupait de moi. Il prenait soin de moi. Rien d'autre n'importait, rien.

Je lançai un regard en coin au Dr Marlowe. Elle n'avait pas l'air satisfaite. Je l'entendais déjà me dire : "Cesse de te justifier constamment. Cesse d'essayer de te trouver des excuses. Ce n'est pas ta faute."

N'empêche, pensais-je. *Mère a raison. Comment ça pourrait ne pas être ma faute ?* Je le croyais toujours, encore maintenant, alors même que je m'apprêtais à faire le récit de tout ce qui s'était passé cette nuit-là.

– Un peu plus tard, repris-je, papa garait la voiture sur le parking d'un motel, à deux pas de l'océan.

« "Où est-ce que tu vas voir ton client, papa ? lui ai-je demandé.

« – Je vais l'appeler de notre chambre, m'a-t-il répondu. Il me dira ce qu'il veut faire."

« La chambre qu'il nous avait réservée n'avait rien d'une suite. C'était une chambre double normale avec un lit à deux places.

« Il s'est d'ailleurs bien rendu compte de mon étonnement quand j'en ai franchi le seuil.

« "C'est la chambre qui offre la plus belle vue sur la mer, m'a-t-il expliqué. Le lit est bien assez grand, de toute façon, non ?

« – Je... j'imagine", ai-je bredouillé, d'un ton incertain.

« Il ne m'était encore jamais arrivé de dormir avec quelqu'un, pas même quand j'étais petite. Ma mère m'avait bien fait comprendre, dès mon plus jeune âge, qu'il était hors de question que je vienne dans son lit ou dans celui de mon père. Si j'avais peur, la nuit, il me fallait apprendre à surmonter mes angoisses toute seule et, si j'avais juste besoin de câlins, il me fallait apprendre à m'en passer.

« Papa a appelé son client et m'a laissée seule au motel pendant qu'il allait le voir. Il y avait un accès direct à la plage derrière le complexe et j'ai profité de la marée haute pour enlever mes chaussures et marcher dans l'eau du rivage. Et, pendant tout ce temps, je ne pouvais m'empêcher d'entendre ma mère dire que j'allais ramener plein de sable et en mettre partout ou que j'allais attraper des maladies en marchant pieds nus. Ça m'a fait rire et, tout à coup, j'ai senti cette brusque bouffée de liberté. C'était comme si papa m'avait délivrée du château dans lequel j'étais emprisonnée, entravée par les chaînes des convenances, derrière les hautes murailles de l'interdit. Là-bas, je pouvais m'ébattre, rire, m'éclabousser et même faire les quatre cents coups, si l'envie m'en prenait.

« Il faisait un temps magnifique. Seules quelques vagues traînées nuageuses barraient l'horizon. Je me suis laissée tomber sur le sable pour regarder le ciel, m'imaginant en train de flotter dans cette immensité azurée. Le sable était si chaud, si doux. J'ai dû finir par m'endormir. C'est le rire de papa qui m'a réveillée.

« "Ah ! te voilà ! m'a-t-il apostrophée. Je me suis dit que tu t'étais sauvée avec le petit jeune de la station-service.

« – Oh ! papa, me suis-je exclamée. Il ne m'a pas regardée comme tu crois.

« – Bon Dieu ! Cathy ! tu veux rire ?" s'est-il écrié. À la maison, ma mère avait horreur d'entendre mon père jurer. Non tant pour une question de religion que parce qu'elle trouvait ça grossier et parce qu'elle pensait qu'il me donnait le mauvais exemple. Mais, là, avec l'océan qui s'offrait à nous dans toute son étendue, avec le vent dans les cheveux et ce ciel si bleu, les bonnes manières, les règles de politesse, la morale, plus rien de tout ça n'avait d'importance.

« "Bon, je suis libre, maintenant, m'a-t-il annoncé. Qu'est-ce que tu voudrais manger ? Pourquoi ne pas déguster des fruits de mer ? Nous sommes au bord de la mer, non ?" Tout me paraissait si exaltant. Pour moi, c'était vraiment une fête de tous les instants.

« "Je devrais peut-être me changer pour dîner, lui ai-je fait remarquer.

« – Certainement pas ! m'a-t-il répondu, d'un ton catégorique. Je veux que tout le monde soit jaloux de moi."

« Il m'a tendu la main pour m'aider à me relever et nous sommes rentrés au motel. Il a pris une douche, s'est rasé et s'est habillé dans la salle de bains pendant que je regardais la télévision. Nous sommes ensuite allés dans un très joli restaurant en bord de plage où j'ai mangé du homard, puis nous avons partagé le dessert : un truc appelé *Mud Pie* qui était, en fait, une pyramide de glace à la vanille noyée sous une épaisse couche de chocolat chaud. Et, cette fois encore, j'ai cru entendre la voix de ma mère qui nous sermonnait, nous reprochant de manger un dessert aussi riche, surtout après un dîner déjà si copieux et si cher.

« Avant de retourner au motel, nous sommes allés nous promener en ville et nous avons fait le tour des boutiques du centre. Il m'a acheté quelques bijoux artisanaux bon marché — un collier et une bague que j'avais trouvés vraiment jolis — et qui, disait-il, iraient très bien avec ma robe de bal — celle qu'il m'avait offerte, bien entendu.

« Ça a été l'un des plus beaux jours de ma vie. Quand nous sommes rentrés au motel, j'ai pensé que nous allions nous coucher et je me suis préparée à aller au lit. Papa a regardé la télévision, assis dans le fauteuil de la chambre. J'ai vu ses yeux se fermer et je n'ai pas osé le réveiller. Je ne m'étais jamais sentie aussi pleinement comblée, aussi légère, aussi heureuse.

J'étais sûre que j'allais faire de beaux rêves.

« Je dormais profondément quand j'ai brusquement ouvert les paupières dans le noir. J'avais dû sentir sa présence à côté de moi.

« "C'est l'heure de ta dernière leçon", m'a-t-il murmuré au creux de l'oreille.

« Mon cœur s'est aussitôt emballé.

« "Comment, papa ? lui ai-je demandé, d'une voix encore ensommeillée.

« – Les filles qui vont trop loin sont comme ces nageurs qui vont au-delà des bouées que tu as vues dans la mer, aujourd'hui. Les vagues sont trop fortes. En dépit de tous leurs efforts, quoi qu'elles tentent pour résister au flux et au reflux, elles sont prises par le rythme et ne peuvent plus rien faire que se laisser porter jusqu'à ce que la mer les rejette sur le sable."

« Tout en parlant, il avait relevé ma chemise de nuit.

« "Mais papa ! ai-je protesté. C'est mal !

« – Il faut que tu saches ce que c'est, a-t-il insisté. Et puis ce n'est pas mal. Ce serait mal si j'étais vraiment ton père."

« *S'il était vraiment mon père ?* ai-je pensé. *Qu'est-ce qu'il veut dire par là ?* En voyant mes yeux soudain exorbités, il s'est figé.

« "Tu es maintenant assez grande pour connaître la vérité, Cathy, m'a-t-il expliqué. Oui, tu es une enfant adoptée, mais bien que tu ne sois pas notre vraie fille, nous t'avons toujours considérée comme telle. Il vaudrait mieux, cependant, que tu ne répètes pas à ta mère ce que je viens de te dire. Nous étions censés en parler ensemble avec toi, un jour. Cela ne change rien, Cathy, ne t'en fais pas. Tu es toujours ma petite chérie, tu te souviens ?" C'est alors qu'il s'est couché sur moi, tout en continuant à chuchoter dans le noir "ma petite chérie, ma petite chérie".

« Ça m'a fait mal. Mais je ne sais pas ce qui m'a fait le plus mal : ce qu'il m'a fait ou ce qu'il m'a dit. Je me sentais tellement perdue, comme si j'étais prise au cœur d'un tourbillon de cauchemars, emportée par un ouragan de douleur. J'ai pleuré, pleuré jusqu'à épuisement. Et, le lendemain matin, j'ai vu le sang sur le drap. Il y en avait aussi sur ma chemise de nuit. Il m'a dit qu'il fallait mieux la jeter, que, sinon, ma mère se poserait des questions. Or, le plus important — comme toujours — c'était surtout de ne pas trahir notre "petit secret à tous les deux".

« Je n'ai rien répondu. Il faut dire que je n'étais pas très loquace. En fait, je suis restée un bon moment sous le choc, tellement traumatisée par tout ce qui s'était passé que j'en avais presque oublié ce qu'il m'avait révélé. Il a bien essayé de me dérider, mais c'était perdu d'avance : il me parlait de toutes ces escapades que nous allions faire, de tous ces endroits que nous allions pouvoir découvrir ensemble, maintenant que j'étais assez grande et que j'allais bientôt être majeure. Plus d'une fois, les questions qui me taraudaient sur mon adoption me sont venues aux lèvres, mais je n'ai pas eu le courage de les poser.

« Nous avons délaissé la route touristique pour rentrer par le plus court chemin. Il a de nouveau essayé de me distraire en me parlant du bal et de la merveilleuse soirée que j'allais passer, mais, en dépit de tous ses efforts, je demeurais muette. J'ai dormi pendant la majeure partie du trajet et ne me suis réveillée que lorsque la voiture empruntait l'allée menant au garage.

« "Tout va bien ?" m'a-t-il demandé, avant que nous ne descendions de voiture.

« *Tout va bien ! ai-je pensé. Tu viens de m'apprendre que j'ai été adoptée et, après ce que nous venons de faire, tout est censé aller bien ?*

« "Oui", ai-je menti, avant de me précipiter vers la maison.

« "T'es-tu bien frictionnée dans ton bain, ce matin ?" a été la première et seule question de ma mère. Elle ne m'a pas demandé comment s'était passé ma journée, où nous étions allés, ni ce que nous avions fait. J'ai acquiescé et je suis aussitôt montée dans ma chambre.

« Quand je me suis regardée dans la glace, je ne me suis pas reconnue. Je me sentais sale. Je ne parvenais pas à me débarrasser de cette impression de dégoût. Je le ressens encore, de temps en temps. Mais d'apprendre que j'avais été adoptée et, à l'idée que j'avais un père et une mère que je n'avais jamais connus, je me sentais encore plus vide à l'intérieur. J'étais anéantie, brisée...

– Tu peux arrêter maintenant, Cathy, si tu veux, intervint le Dr Marlowe.

Je l'ai regardée longuement en silence et j'ai secoué la tête.

– Non, lui ai-je répondu. Je peux aller jusqu'au bout.

Elle m'a souri.

Mes consœurs du COAP ne souriaient pas, en revanche. C'étaient elles qui avaient du mal à respirer, à présent.

J'avais envie de leur dire : « Ça va. Ça va aller. »

Mais je n'en avais pas la moindre idée, ni si cela irait après ni si cela irait un jour, ou... plus jamais.

9

– Je crois que quelque chose est mort en moi, dans ce motel, cette nuit-là.

J'ai tourné la tête vers le Dr Marlowe.

– Certains appellent ça « l'innocence », dis-je, en lui adressant un semblant de sourire. La petite fille a disparu, balayée d'un seul coup, à jamais.

« Moi qui manquais déjà d'assurance, je n'avais plus aucun repère. Je me sentais complètement perdue, à la dérive. Loin d'être mieux armée, plus mûre, d'avoir pris confiance en moi, comme je l'avais espéré, j'étais désormais constamment sur la corde raide. J'avais l'impression de marcher au-dessus du gouffre, les yeux bandés, appréhendant la chute vertigineuse à chaque pas. Ce sentiment d'insécurité a chassé toute la joie que je m'étais faite d'aller au bal de l'école. Je n'en avais même plus envie. Je me sentais nauséeuse, épuisée, vidée de toute émotion.

« Je suis restée allongée sur mon lit, à regarder le plafond, les yeux grands ouverts, sans penser à rien, du moins rien dont je me souvienne.

« Papa a été le seul à venir voir ce que je faisais. Mère n'aurait pas levé le petit doigt, bien entendu. D'ailleurs, pourquoi serait-elle allée m'encourager à me rendre à une soirée qu'elle désapprouvait ? Quand il s'est rendu compte que, en dépit de l'heure qui tournait, il ne m'avait toujours pas entendue bouger, papa s'est demandé ce qui se passait et il est monté aux nouvelles.

« Il a frappé doucement à ma porte, et puis, comme je ne répondais pas, il l'a entrebâillée pour jeter un coup d'œil à l'intérieur.

« "Eh bien ! qu'est-ce que tu fais ? s'est-il étonné. Ne devrais-tu pas être en train de te préparer ?"

« J'avais peur de lui avouer les sentiments qui m'agitaient, alors je lui ai répondu que j'avais la nausée, que j'étais fatiguée. Il est entré dans ma chambre en refermant la porte derrière lui.

« "C'est le trac, m'a-t-il assuré, avec un sourire attendri. Toutes les filles ressentent ça, le jour de leur premier rendez-vous ou de leur première sortie, Cathy."

« Je n'ai pas acquiescé, mais je n'ai pas démenti non plus. Je me suis juste contentée de détourner la tête.

« "Quelle importance, maintenant ? ai-je marmonné, le regard obstinément rivé à mon oreiller.

« – Comment ça, 'quelle importance'? Bien sûr que c'est important ! Il faut absolument que tu y ailles, Cathy, a-t-il insisté. Si tu n'y vas pas, ta mère mettra ça sur le compte de notre petite escapade à Santa Barbara et ce sera encore ma faute parce que c'est moi qui t'y ai emmenée. Elle va en faire un drame. On va l'entendre vociférer contre les maladies, la saleté et toutes ses salades habituelles à longueur de journée pendant des semaines. Nous ne pourrons plus aller nulle part sans qu'elle ne remette ça sur le tapis pour nous empêcher de partir. Sans compter qu'elle ne te laissera pas tranquille une seconde, si tu restes à la maison, ce soir. Ça, tu peux me croire !

« "Et puis, a-t-il ajouté, je ne t'ai tout de même pas acheté cette belle robe, ces jolies chaussures et tous ces bijoux pour rien ! Tu vas être la reine du bal, Cathy. Ne laisse pas passer une chance pareille. Allons, mon cœur. Ce serait dommage de rater ça. Pourquoi avoir passé tant de temps à répéter, sinon ? À quoi bon toutes ces leçons ? Quand tu auras franchi le cap, je te promets de passer plus de temps avec toi. Nous pourrons discuter ensemble des choses qu'il te reste encore à apprendre, d'accord ? D'accord, Cathy ?"

« Ça m'a retourné l'estomac. J'ai dû déglutir plusieurs fois de suite pour m'empêcher de vomir.

« "D'accord, papa. Je vais commencer à me préparer, lui ai-je répondu, tout en me disant : *Mais qu'il se taise donc ! Et qu'il s'en aille ! Qu'il s'en aille !*

« – Bien. Je sais déjà à quel endroit garer la voiture entre ici et l'école pour que tu puisses te changer et revêtir la belle robe de bal qui t'attend dans le coffre, m'a-t-il annoncé. Et je vais emporter mon appareil pour prendre quelques photos de toi. Comme cela, nous aurons de beaux souvenirs pour nous remémorer notre petit secret à tous les deux."

« Il s'est approché de moi, m'a caressé les cheveux, puis il est resté là à me regarder. Pour la première fois, j'ai éprouvé, face à lui, une violente réaction de dégoût. J'ai même dû réprimer un mouvement de recul. J'ai eu peur qu'il ne s'en aperçoive, mais il n'a rien vu.

« "Tu es si jolie, ma petite chérie", a-t-il murmuré, en se penchant pour m'embrasser sur la joue, avant de quitter la pièce.

« Prendre un bain, m'habiller, me coiffer... chaque étape des préparatifs — dont je m'étais fait une fête, il y avait si peu de temps encore — m'a demandé un effort colossal. J'avais l'impression de me mouvoir dans un état second, exécutant les gestes mécaniquement, comme un automate.

« Après avoir enfilé la robe que ma mère m'avait achetée, et qu'elle voulait à toute force me voir porter, je suis allée me regarder dans le miroir. C'est alors que j'ai été prise d'une crise de fou rire. Je riais, je riais, sans pouvoir m'arrêter. En fait, j'éprouvais presque la même chose que ce que j'avais ressenti chez Kelly, quand j'avais bu trop de rhum-Coca : j'avais les joues inondées de larmes, du mal à respirer et un point de côté. Ça prenait de telles proportions que j'ai même fini par m'en effrayer ; ce qui ne m'a pas empêchée de continuer à rire pour autant.

« J'ai bien essayé de bloquer ma respiration, mais ça n'a pas marché non plus. J'avais l'impression que mes poumons allaient éclater. Je manquais d'air. Mes jambes se sont brusquement dérobées sous moi et je me suis retrouvée assise par terre, au beau milieu de la salle de bains, avec cette affreuse robe verte qui s'étalait en corolle autour de moi. Je me suis dit que je fondais comme une glace, une grosse glace verte. Ça a dû me paraître hilarant parce que je suis partie d'un nouvel éclat de rire, encore plus fort que les précédents. Je me tordais sur le carrelage, agitée de secousses irrépressibles, ponctuées de haut-le-cœur épouvantables. À l'intérieur, c'était la révolution. Je me suis dit que mon corps tout entier allait me remonter dans la gorge, viscères, cœur et poumons compris, pour se répandre sur les beaux carreaux de faïence immaculée.

– Beurk ! fit Misty.

– Je sais, lui dis-je, en hochant la tête. Mes pensées n'étaient pas très ragoûtantes. Mais je n'y pouvais rien non plus. Et encore ! je vous ai épargné les pires !

– Bon, passons, s'impatienta Jade. Qu'as-tu fait, alors ?

Elle semblait parfaitement comprendre cette folie qui s'était emparée de moi, comme si elle avait vécu la même chose et voulait seulement savoir comment je m'en étais sortie. Elle se tenait penchée en avant, tel un coureur dans les starting-blocks, prête à se ruer sur ma réponse.

– J'ai essayé de me relever en m'agrippant au lavabo. Mais, quand ma main a glissé sur l'émail, j'ai été prise d'un nouveau fou rire. On aurait dit que la salle de bains tout entière s'éveillait à la vie, cherchant par tous les moyens à se dérober à mon contact, comme si j'avais la lèpre ou, peut-être, par répulsion devant ce monstre grotesque auquel je ressemblais dans ma « parfaite tenue de bal ».

« Mon rire semblait provenir du plus profond de moi, de quelque source intarissable localisée de plus en plus bas dans mon corps. Il montait en petits grondements sourds, comme des roulements de tonnerre, éclatant dans ma gorge pour résonner dans ma bouche et dans mes oreilles. Je m'étais mise à quatre pattes, avançant comme un petit chien ; ce qui m'a fait rire de plus belle. Quoi que je fasse, quoi que je pense, tout semblait devoir provoquer un nouvel accès d'hilarité.

« Je commençais à me demander si ça finirait jamais. C'était comme un hoquet qu'on n'arrive pas à faire passer. Vous voyez ce que je veux dire ?

Elles ont toutes hoché la tête aussitôt, Jade avec encore plus de conviction que les autres.

– Je me suis dirigée à quatre pattes vers la porte de ma chambre, la fameuse porte qui devait toujours être fermée. Ça aussi, ça m'a fait rire : la porte qui devait toujours être fermée ! J'ai pensé : *Je pourrais mourir avant d'atteindre cette porte. Mais ma mère n'y trouverait rien à redire. Ça resterait décent : ça ne se verrait pas !*

« J'ai tendu la main vers la clenche et j'ai réussi à la faire tourner, mais je suis retombée en arrière dans le même mouvement. Et me voilà les bras en croix sur le tapis de ma chambre, à regarder de nouveau le plafond. Je riais, à présent, à gorge déployée. Mon corps en était tout secoué, tellement que j'avais l'impression de faire trembler toute la maison.

« Pourtant, ni mon père ni ma mère ne m'ont entendue. Ma mère passait l'aspirateur en bas. Je me suis retournée sur le ventre et j'ai rampé hors de ma chambre. C'est alors que mon rire a brusquement cessé. J'ai repris mon souffle, soulagée que la crise soit enfin passée. J'allais pouvoir faire ce que j'étais censée faire, ce que je devais faire. Mais, quand j'ai atteint le haut de l'escalier et vu la volée de marches qui m'attendaient, je me suis remise à glousser malgré moi.

« J'ai posé les mains sur la deuxième marche et j'ai commencé à me laisser glisser. Et, là, j'ai vraiment explosé. Je riais comme une folle. Ma mère a dû finir par entendre quelque chose de bizarre parce qu'elle a éteint l'aspirateur pour aller ensuite dans le salon où mon père était en train de regarder la télévision.

« Je l'ai entendue dire : "Coupe ça" — j'étais déjà parvenue à mi-parcours, à ce moment-là. Il lui a obéi sans discuter et ils se sont tus, dressant l'oreille.

« L'instant d'après, ils étaient tous les deux au bas de l'escalier. En voyant leurs yeux écarquillés et leurs grimaces ahuries, j'ai vraiment cru mourir de rire.

« "Mais qu'est-ce que tu fabriques ? s'est écriée ma mère. Tu vas abîmer ta belle robe toute neuve. Qu'est-ce qui te prend ?

« – Je vais au bal, Mère", lui ai-je répondu, en tentant à grand-peine de reprendre mon sérieux. Je me suis laissée glisser de deux degrés de plus. "Je sais que ça ne te plaît pas, mais j'y vais quand même", ai-je ajouté. Et je me suis remise à rire et à rire, tant et si bien que j'ai raté une marche. J'ai basculé sur l'épaule droite et, brusquement, j'ai eu l'impression que tout mon corps s'élevait dans l'espace, le temps d'exécuter un saut périlleux, avant d'atterrir sur le dos avec un hurlement à déchirer les tympans.

« En une fraction de seconde, je me suis retrouvée à leurs pieds. Ils avaient l'air si stupéfiés, si choqués que j'aurais encore éclaté de rire, si la douleur ne m'en avait empêchée.

« "Mon Dieu ! s'est exclamée ma mère, en portant la main à ses lèvres. Mais qu'est-ce qu'elle a ? Serait-elle... ivre ?"

« Elle s'est alors accroupie pour me sentir, fronçant le nez comme un écureuil. J'ai fermé les yeux en voyant son visage approcher, étouffant une nouvelle explosion d'hilarité qui m'était restée coincée dans la gorge. Et puis, je me suis évanouie.

« Quand j'ai repris connaissance, j'étais dans une ambulance, en route pour l'hôpital.

« Et vous savez quoi ? Je portais toujours cette ridicule robe de bal ! Toujours est-il que j'ai dû parler un peu trop, dans mon délire, ou, du moins, en dire assez long pour alerter l'infirmier qui m'accompagnait.

« Aux urgences, on m'a fait passer une radio et on m'a examinée avant de me donner un sédatif. J'ai dormi jusqu'au lendemain matin. Quand je me suis réveillée, ma mère était assise à mon chevet, les yeux tournés vers la fenêtre. Elle avait le menton posé sur la paume de sa main ouverte, le coude le long du corps. Elle semblait complètement absorbée dans ses pensées. Elle avait l'air si songeuse ! Et elle m'a semblé si jeune, tout à coup ! À dire vrai, ai-je ajouté, en lançant un regard au Dr Marlowe — qui connaissait déjà toute l'histoire, naturellement —, je ne l'ai pas reconnue.

– Tu n'as pas reconnu ta propre mère ? s'étonna Misty, abasourdie.

– Eh bien ! pour tout vous avouer, à ce moment-là, je ne me serais pas reconnue moi-même.

Misty se gratta le nez, ses sourcils plongeant l'un vers l'autre.

– Je ne me souviens pas vraiment de cette partie de mon histoire, mais ma mère s'en souvient, elle. Elle en connaît même le déroulement par cœur, seconde par seconde. Elle m'en fait le récit, de temps à autre, pour me rappeler ce que je lui ai fait endurer, sans doute.

– Ce que tu lui as fait endurer, à elle ? répéta Misty, manifestement perdue.

– Mais laissez-la parler ! explosa Jade, les mains crispées sur ses genoux.

Misty se rencogna sur-le-champ dans le canapé.

– « Où suis-je ? » ai-je demandé à ma mère.

« Elle a laissé retomber sa main et s'est tournée vers moi. J'ai vu son visage vieillir de plus de dix ans en un seul instant.

« "Tu es à l'hôpital, m'a-t-elle répondu. Tu t'es évanouie à la maison. Ils t'ont fait des analyses, mais ils n'ont rien trouvé. Malheureusement, tu as dit des choses...

« – Quelles choses ?

« – Je ne sais pas exactement. Tu as parlé de leçons... Et, maintenant, ils t'ont mise là, a-t-elle dit, en jetant un regard circulaire. Dans le service de psychiatrie. Tu es en observation, pour le moment. Un docteur va venir te voir, un psychiatre. Il va te poser des questions. C'est affreux. C'est absolument affreux.

« – Qu'est-ce qui est affreux ?" lui ai-je encore demandé.

« Elle a secoué la tête en poussant un profond soupir. Je l'ai dévisagée, essayant de me souvenir, mais on aurait dit qu'une dalle de béton avait été coulée sur ma mémoire.

« "Qui êtes-vous ? ai-je fini par lui demander.

« – Pardon ? s'est-elle écriée, dans un sursaut. Qu'est-ce que tu viens de dire ?"

J'ai jeté un coup d'œil autour de moi, puis j'ai reporté mon attention sur elle.

« "Je ne sais pas ce que je fais là, ai-je monologué à haute voix.

« – Mais qu'est-ce que tu racontes ? s'est-elle emportée, en me regardant fixement. À quoi joues-tu ?" Sa voix avait déraillé dans les aigus. "Je vais aller chercher ton père, a-t-elle ajouté, comme s'il s'agissait d'une menace.

« – Mon père ?" ai-je répété, prise de panique. Mon cœur s'était subitement emballé et je ne comprenais pas pourquoi.

« "Il est en bas, à la cafétéria. Il voulait manger quelque chose et prendre un café. Tu veux me dire pourquoi tu te comportes comme ça ? Veux-tu me dire à quoi ça rime, avant que ces étrangers ne viennent te poser toutes ces questions ?

« – Je ne sais pas, lui ai-je répondu, en détournant la tête. Je ne me souviens de rien."

« Elle s'est levée et m'a examinée de toute sa hauteur pendant un long moment.

« "Je ne comprends pas ce qui t'a pris, a-t-elle grommelé. J'allais te laisser aller à ce bal. Je t'avais acheté une robe et…

« – Une robe ? l'ai-je interrompue. Oui, je me souviens d'une robe.

« – Elle est bonne à jeter, maintenant", s'est-elle lamentée. Elle a secoué la tête. "Mais, qu'est-ce que tu fais ?"

« Je me grattais les bras et la poitrine, comme pour arracher quelque chose.

« "Je ne sais pas", lui ai-je répondu, profondément déconcertée par mon propre comportement. J'ai de nouveau jeté un regard autour de moi. "Est-ce que c'est normal que je sois ici ? Je veux dire : qu'est-ce que je viens faire là, exactement ? Vous ne pouvez vraiment pas me dire qui je suis ?

« – Oh ! Seigneur !" s'est-elle exclamée, en se retournant vers la porte, prête à prendre la fuite. Elle s'est immobilisée sur le seuil pour me regarder. "Je ne comprends pas à quoi tu joues", a-t-elle répété. Et elle est sortie.

« J'ai fermé les yeux et je me suis rendormie. Quand je me suis réveillée, j'étais seule dans la chambre.

« Je suis restée allongée là, sans bouger, l'esprit à la dérive, vide de tout souvenir. J'ai cherché en vain à recouvrer un semblant de mémoire, une identité du moins, luttant avec chaque lettre, chaque mot qui flottait encore dans mon cerveau liquéfié. C'était terrifiant. J'avais l'impression que tout était à ma portée, là, tout près, à quelques millimètres à peine, mais que je ne pouvais rien attraper. J'éprouvais l'épouvantable sensation de sombrer dans un abîme de ténèbres, n'ayant, autour de moi, que le néant.

« Finalement, un vieil homme à l'air bonhomme est entré. Il portait une blouse blanche et était accompagné par une infirmière. Il s'est présenté comme étant le Dr Finnigan et m'a présenté sa collaboratrice : une certaine Mrs Jenner.

« "Qu'est-ce que je fais ici ? lui ai-je demandé. Je n'arrive même pas à me souvenir de mon nom, non plus.

« – Tu as subi un traumatisme, m'a-t-il expliqué d'une voix douce. Apparemment, il ne s'agit pas d'un événement singulier qui serait survenu brutalement, mais de quelque chose qui s'inscrit dans la durée. Tu ne souffres d'aucune lésion, mais tu as tout de même éprouvé un choc assez violent pour provoquer une crise d'amnésie totale. Ce genre de choses n'a rien de permanent, ne t'en fais pas, m'a-t-il assuré. Pour y remédier, j'aimerais essayer une brève séance d'hypnose, si tu le veux bien.

« – D'hypnose ? Vous allez m'hypnotiser ? me suis-je alarmée.

« – Je crois que cela pourra t'aider. C'est absolument indolore, rassure-toi", m'a-t-il promis.

« Il avait vraiment l'air gentil, avec ses grands yeux bleus pleins de douceur et son petit sourire indulgent aux lèvres. J'ai hoché la tête.

« Il m'a alors demandé de me concentrer attentivement sur le petit disque métallique qu'il avait sorti de sa poche. Il a commencé à le faire tourner, et puis...

– Et puis quoi ? s'impatienta Misty.

– Et puis je ne sais pas. Je me suis réveillée, toujours aussi désorientée, mais, cette fois, avec la nette impression de sortir des ténèbres pour pénétrer dans la lumière. J'avais dû dormir un bon moment parce que la journée était déjà bien avancée. Mrs Jenner était debout, à côté de mon lit. Elle m'a demandé comment je me sentais. Je lui ai dit que j'allais bien, mais que j'avais une faim de loup. Ça l'a fait rire. Manifestement rassurée quant à mon état de santé, elle est allée immédiatement me chercher quelque chose à manger.

« Le Dr Finnigan est revenu un peu plus tard. Mais je ne l'ai pas reconnu tout de suite. En revanche, je me souvenais de tout le reste. Ça me revenait par vagues, des flots et des flots d'images et de pensées dans le désordre le plus complet. Il s'est de nouveau présenté.

« "Pourquoi suis-je à l'hôpital ? lui ai-je demandé.

« – Quel est ton dernier souvenir ? m'a-t-il rétorqué.

« – J'étais en train de me préparer pour le bal du lycée et je... je me regardais dans la glace, je crois, lui ai-je répondu.

« – C'est très bien, m'a-t-il dit, avec son chaleureux sourire. Tu vois, tu as déjà fait de gros progrès. Je savais bien que tu te remettrais très vite."

« Comme je demandais à voir mes parents, il m'a assuré que ma mère allait revenir me voir, d'un instant à l'autre.

« "Et mon père ? lui ai-je dit.

« – Tu veux le voir ? s'est-il étonné, en me dévisageant attentivement.

« – Non", ai-je lâché dans un souffle.

« Il a hoché la tête.

« "Tu vas te rétablir en un rien de temps, tu vas voir", m'a-t-il promis, en m'étreignant la main.

« Mrs Jenner m'a apporté un plateau copieusement garni. J'avais déjà commencé à manger quand ma mère est arrivée. Elle est restée devant ma porte à discuter avec le docteur. Ils ont parlé un petit moment à voix basse. J'avais fini de dîner quand elle est entrée. Mrs Jenner a repris mon plateau et nous a laissées seules.

« Ma mère avait une mine épouvantable : le teint blême, les yeux rouges et les paupières toutes gonflées. Je ne me souvenais pas l'avoir jamais vue pleurer. Quand quelque chose n'allait pas, elle préférait s'isoler. Et voici qu'elle se tenait là, debout au pied de mon lit, avec ces petites larmes qui semblaient s'échapper, malgré elle, au coin de ses yeux, rasant ses pommettes pour se faufiler le long de ses joues !

« "C'est affreux, marmonnait-elle. C'est trop affreux. Il ne le nie même pas.

« – Comment ? lui ai-je demandé. Qui ça ?"

« Alors, elle a pris une profonde inspiration, elle a secoué la tête, puis elle a ravalé ses larmes et s'est redressée, rejetant les épaules en arrière et raidissant le dos, comme si on lui avait coulé de l'acier à la place de la moelle épinière.

« "Ne parlons pas de cela maintenant, a-t-elle décrété. N'en parlons plus jamais."

« Ça ne s'est pas passé comme ça, évidemment, dis-je, en me tournant vers le Dr Marlowe. C'est même devenu très important d'en parler. Nous revenons de loin, n'est-ce pas, Dr Marlowe ?

– De très loin, Cathy.

– Et est-ce que nous sommes bientôt arrivées ?

Elle a immédiatement perçu la fébrilité dans ma voix. Je tremblais un peu aussi.

– Presque.

Ses yeux se sont posés sur chacune des trois filles qui me regardaient en silence.

– Vous êtes toutes presque arrivées.

J'ai hoché la tête et poussé un gros soupir.

– Je suis restée à l'hôpital quelque temps pour suivre une thérapie avec le Dr Finnigan. Quand je suis rentrée à la maison, papa était parti. Comme la tienne, Misty, ma mère avait essayé de purger la maison de tout ce qui pouvait évoquer sa présence. Elle n'est pas allée jusqu'à vendre ou donner son fauteuil favori, mais elle ne s'est pas contentée non plus de vider ses placards et ses tiroirs. Elle les a désinfectés. Elle a récuré la maison de fond en comble, comme si on pouvait faire disparaître le souvenir de mon père, son existence même, à coup d'aspirateur, de serpillière, de balai brosse et de paille de fer.

« Contrairement à toi, Jade, je n'ai pas eu à être impliquée dans toute la partie juridique de l'affaire. Naturellement, je n'ignorais pas que ma mère avait entamé une procédure de divorce et je savais aussi que les avocats de deux parties s'étaient rencontrés, qu'un terrain d'entente avait été trouvé et que ma mère avait obtenu satisfaction. Mais je n'ai suivi ça que de très loin.

« Comme ton père, Star, le mien est sorti brusquement de ma vie, comme si on l'avait fait disparaître d'un coup de baguette magique. Je savais que ça faisait partie de l'accord qui avait été conclu entre eux, qu'il ne devait plus jamais avoir aucun contact avec moi. C'est quelque chose que j'ai eu du mal à croire et à accepter. Encore aujourd'hui, il m'arrive de penser qu'il va monter les escaliers pour venir frapper à ma porte, l'ouvrir doucement et me sourire, avant de demander comment va "sa petite chérie".

« Ce serait un peu comme si toute cette histoire n'avait été qu'un mauvais rêve.

« Mais ma mère est toujours là pour me rappeler que tout ça n'a rien d'un rêve.

Je me suis de nouveau tournée vers le Dr Marlowe.

– C'est douloureux, mais ça me fait du bien en même temps, je sais : il faut que j'affronte mes démons pour les détruire, si je veux m'en débarrasser, récitai-je.

Elle hocha la tête sans mot dire.

– Mais j'aimerais tout de même mieux les enterrer à jamais, soupirai-je.

– Tu y parviendras, m'assura-t-elle.

– Pourquoi n'a-t-il pas été arrêté ? s'insurgea Jade. Pourquoi ne l'a-t-on pas mis en prison ?

– D'abord, ma mère tenait à ce que cette affaire soit traitée avec la plus grande discrétion. Encore aujourd'hui, peu de gens savent la véritable raison pour laquelle mes parents ont divorcé. Ensuite, je ne crois pas que j'aurais eu — ni que j'aurais, encore aujourd'hui — le courage de raconter cette histoire devant une cour de justice, ni même à huis clos, devant un seul magistrat.

« J'ai tout de même été obligée de voir un juge et un représentant de la Protection de l'Enfance pour la question de l'autorité parentale. Pendant un moment, j'ai bien cru qu'ils allaient retirer la garde à ma mère aussi, peut-être parce qu'ils l'estimaient plus directement impliquée qu'il n'y paraissait. Je suppose qu'il leur semblait difficile de croire qu'elle ait pu être aussi...

– Bouchée ? suggéra Star.

– Aveugle, la repris-je. Mère vit dans un monde à part : son propre monde, là où elle se sent en sécurité.

— Tu serais aussi bien sans elle, grommela Star.

— Je ne peux pas dire que je ne l'aime pas, ni que je n'ai pas besoin d'elle. C'est la seule mère que j'aie jamais eue.

— Tout cela ne nous explique toujours pas pourquoi elle a voulu t'adopter, me fit observer Jade.

— Je sais. C'est quelque chose qu'il me reste à éclaircir. J'ai encore beaucoup à découvrir, vous savez. Elle m'a laissée entendre qu'il y avait eu des bruits qui auraient couru sur mon père et sa sœur et que c'était pour ça que la famille du côté de mon père avait toujours été aussi distante. Elle ne m'en aurait jamais parlé avant. C'était trop répugnant pour qu'elle se salisse les lèvres à former de tels mots, et plus encore, à les prononcer.

— Pourquoi aurait-elle épousé un type pareil ? s'étonna Misty.

— Je ne pense pas qu'elle ait été au courant de ces rumeurs avant son mariage. Mais, vous savez, il semble que je doive en apprendre chaque jour davantage sur ma famille, comme si des portes s'ouvraient sur des pièces dont j'ignorais jusqu'alors l'existence. Je déroule un écheveau de secrets presque quotidiennement. Il y en a, certes, que je voulais savoir, mais il y en a d'autres que j'aurais préféré toujours ignorer.

Jade hocha la tête.

– Ma mère n'a jamais évoqué cette histoire sans la plus vive réticence, vous vous en doutez. Mais, ces derniers temps, je crois qu'elle s'est rendu compte qu'elle avait besoin de se délester de ce fardeau, elle aussi — bien que ce ne soit toujours pas très facile de la faire parler, même aujourd'hui. Je pense également, à sa décharge, qu'elle craint les conséquences que ça pourrait avoir pour moi. Elle a peut-être peur que ça ne me fragilise. Elle voudrait me voir grandie par cette épreuve, plus forte, au contraire. Mais, surtout, elle ne veut pas que ça sorte de la maison.

Je me suis adossée au canapé avec un soupir et j'ai soudain éprouvé une si grande fatigue que j'ai dû lutter pour garder les yeux ouverts.

– Bien, a dit le Dr Marlowe. Je pense que nous devrions nous arrêter là. Nous sommes allées aussi loin — et même beaucoup plus loin — que je ne l'avais espéré.

– En tout cas, aucune d'entre nous ne pourra plus s'apitoyer sur son sort et jouer les martyres, à présent, affirma Jade. N'était-ce pas ce que vous cherchiez ?

– En un sens. Mais l'essentiel, c'est que vous ne vous sentiez plus isolées, que vous ne vous imaginiez plus les seules à avoir vu votre univers, votre vie bouleversés et que vous ne vous croyiez pas différentes ni anormales à cause de ce qui vous est arrivé. Il y a d'autres gens — beaucoup plus que vous ne le pensez — qui sont capables de vous comprendre.

« Chacune d'entre vous possède de réelles qualités qui devraient être autant d'atouts et vous permettre d'avoir une bonne image de vous-mêmes. Vous êtes toutes d'intelligentes et séduisantes jeunes femmes et vous surmonterez toutes cette triste et pénible épreuve.

– Grâce à vous, lui répondit Misty.

– Non, la reprit notre psychiatre, en jetant à chacune un regard appuyé. Grâce à vous-mêmes. Je vous reverrai toutes individuellement, mais je ne pense pas que nous ayons encore beaucoup de chemin à parcourir ensemble. Vous avez toutes fait des progrès très significatifs. Vous avez fait le grand saut.

Elle nous sourit, puis tourna les yeux vers la fenêtre.

– Regardez ! Le soleil revient. Jade, tu vas pouvoir retourner à ces vacances dont tu étais censée profiter, si j'ai bonne mémoire.

– Oui, répondit Jade, sans réfléchir.

Puis elle marqua un temps, hocha la tête et sourit.

– Absolument, renchérit-elle.

Le Dr Marlowe se leva, aussitôt imitée de nous toutes. Au même instant, une musique se fit entendre au premier : un air d'opéra.

– J'ai entendu ça au gala de notre école de musique, déclara Misty. Ce ne serait pas *Gianni Schicchi* ?

– Bravo, Misty ! la félicita le Dr Marlowe.

– Je vous donnerai des places pour les concerts de l'école, l'année prochaine. Ça ne vaut pas l'opéra, mais ce n'est pas loin.

– Merci, Misty. Emma sera ravie. Au revoir, mesdemoiselles. Passez une bonne semaine, ajouta-t-elle, en nous tendant la main à chacune.

Quand le Dr Marlowe nous ouvrit la porte, nous pûmes toutes constater que ma mère était arrivée la première. Assise dans la voiture, droite comme un « i », elle paraissait nerveuse. Elle nous jeta un regard farouche, puis détourna les yeux. J'imaginais déjà ses articulations blanchir sur le volant.

Jade se tourna vers Star.

– C'est difficile pour tout le monde, apparemment, lui dit-elle, en lorgnant vers ma mère.

Star grogna un « humpf ! » qui manquait singulièrement de compassion.

Le Dr Marlowe ferma la porte derrière nous.

– Qui veut mon numéro de téléphone ? claironna Misty.

– Je vais prendre les numéros de tout le monde, répondit posément Jade.

Elle sourit en voyant la flagrante incrédulité de Star.

– N'oubliez pas que je suis la présidente du COAP : j'ai besoin d'avoir les coordonnées de tous nos membres. Je vous appellerai, le moment venu, pour notre première assemblée générale. Nous pourrions prendre un brunch ensemble, ou quelque chose de ce style.

Elle nous donna son numéro. Pendant ce temps, ma mère ne cessait de me lancer des regards excédés.

– Il faut que j'y aille, me suis-je excusée. Merci d'avoir été aussi patientes et aussi attentives.

– Oh ! tu sais, on pourrait toutes en dire autant, je crois, a tempéré Misty.

– Ça c'est sûr ! a approuvé Star.

J'avais bien vu que Jade avait de nouveau tourné les yeux vers ma mère, mais je ne m'attendais certes pas qu'elle fasse une chose pareille : tout à coup, elle a quitté notre petit groupe pour se diriger vers la voiture de ma mère.

– Mais, à quoi elle joue ? s'est étonnée Star, tout en lui emboîtant le pas.

Misty et moi nous sommes empressées de l'imiter.

En moi-même, je pensais : *Oh non ! pourvu qu'elle ne l'accable pas de reproches !*

– Bonjour, Mrs Carson, lui a-t-elle dit. Vous avez une fille formidable. Au revoir, Mrs Carson.

Elle m'a adressé un petit sourire satisfait, puis s'est éloignée d'un pas nonchalant en direction de sa limousine.

– Celle-là alors ! s'est exclamée Star à mi-voix.

Elle s'est tournée vers ma mère.

– Bonjour, l'a-t-elle saluée à son tour. Je suis tout à fait d'accord avec Jade. Salut, Cat, a-t-elle ajouté à mon intention, avant de regagner en sautillant la vieille guimbarde de sa grand-mère.

– À bientôt, m'a dit Misty. On se revoit sous peu. Je vais casser les pieds à Jade jusqu'à ce qu'elle tienne parole.

– D'accord.

– Au revoir ! a-t-elle chantonné à l'intention de ma mère avec un signe de la main.

Puis elle a couru vers le taxi qui se garait.

J'ai ouvert la portière et je suis montée dans la voiture.

– Qu'est-ce que c'était que tout ce cirque ? s'est écriée ma mère, manifestement stupéfaite.

– Je ne sais pas. Rien de bien méchant, je pense.

– Comment ça s'est passé là-bas ? m'a-t-elle aussitôt demandé, en désignant la maison du Dr Marlowe du menton.

– Bien.

– C'est tout ce que tu as à me dire ?

Elle n'avait toujours pas démarré.

– Il n'y a rien à dire que tu ne connaisses déjà, Mère. La question est plutôt de savoir si tu es, toi, prête à tout me dire.

Elle a plissé les yeux, dardant sur moi un regard noir, puis elle a hoché la tête et tourné la clef de contact.

La voiture s'est engagée dans l'allée, suivie par celles des autres filles, comme à la parade, ou peut-être plutôt comme à... un enterrement.

Après tout, n'avions-nous pas tué, à nous quatre, assez de démons pour emplir un honnête cimetière ?

Épilogue

Les jours suivants, Mère et moi n'en avons pas reparlé. Je suppose que, comme moi, Mère essayait d'y voir un peu plus clair. Parfois, on aurait dit que la forêt vierge avait envahi la maison et que nous devions nous frayer un chemin à coups de machette l'une vers l'autre pour espérer nous rejoindre, ou même seulement communiquer. Je me souvenais des trésors de patience et de compréhension dont le Dr Marlowe avait dû faire preuve avec moi. J'essayais de l'imiter. J'étais bien placée pour savoir combien il est vain et cruel de vouloir forcer quelqu'un à faire tomber les barrières derrière lesquelles il se barricade avec ses secrets.

Mère s'était lancée dans le ménage et dans toutes ses autres corvées quotidiennes avec une énergie redoublée, s'échinant à combler la moindre seconde de ses journées pour ne pas avoir à penser, ni, surtout, à se souvenir.

Mais c'était moins facile pendant les repas, quand elle avait déjà tout disposé sur la table et que nous n'avions plus rien à faire qu'à nous asseoir et à manger. Il y avait alors ce terrible et profond silence qui s'installait. Si j'avais la mauvaise idée de la regarder, elle se mettait à aboyer des ordres, me récitant les tâches qu'elle entendait me voir exécuter, puis enchaînait aussitôt avec la liste de celles qu'elle s'était elle-même imposées.

– Pour ce qu'il m'aidait, de toute façon, marmonna-t-elle, un soir. C'était toujours moi qui devais me charger de tout ce qui concernait la maison, alors.

C'était la première fois qu'elle évoquait mon père, depuis le retour de cette dernière séance de thérapie de groupe chez le Dr Marlowe. Je lui proposai aussitôt de l'aider davantage. Elle me promit de me donner plus de choses à faire. Elle me dit qu'elle estimait pouvoir me confier plus de responsabilités.

Elle avait assurément besoin d'aide. Il lui arrivait de plus en plus souvent de devoir interrompre ce qu'elle faisait pour poser la main sur sa poitrine en fermant les yeux. Elle attendait, semblait-il, que son cœur se remît à battre.

– Tu ne te sens pas bien, Mère ? lui demandais-je.

Elle hésitait, prenait une profonde inspiration, puis hochait la tête.

– Ça va, répondait-elle. Autant qu'on puisse aller, vu les circonstances, du moins.

– Tu travailles peut-être trop, lui disais-je.

– Je vais bien, insistait-elle.

Et elle s'éloignait brusquement.

Finalement, un soir, comme je descendais chercher un verre d'eau, je l'ai trouvée dans le salon, assise dans le rocking-chair, se balançant doucement, les yeux tournés vers la fenêtre. Elle était si profondément plongée dans ses pensées qu'elle ne m'avait pas entendue arriver. J'ai pris place en face d'elle et j'ai attendu qu'elle s'aperçoive de ma présence. Son regard a lentement glissé sur moi, puis s'est brusquement arrêté. Elle a écarquillé les yeux.

– Ça fait longtemps que tu es là ? m'a-t-elle demandé.

– Une minute.

– Je ne t'ai pas entendue entrer. On dirait qu'il va se remettre à pleuvoir, a-t-elle soupiré. Je crois qu'on a une fuite, au-dessus de l'arrière-cuisine. Je vais faire venir quelqu'un demain.

– Mère, il y avait une question qui revenait tout le temps, pendant ma séance de thérapie de groupe avec le Dr Marlowe.

– Quelle question ? m'a-t-elle aussitôt rétorqué, d'un ton acerbe.

– Une question qui me trotte dans la tête depuis un bon moment déjà. Je ne voudrais pas que tu te fâches, mais il faut que je te la pose. C'est très important pour moi.

– Je déteste les questions, a-t-elle grommelé. Depuis que c'est arrivé, on dirait que le monde en est plein. Des questions, des questions, toujours des questions. C'est tout ce qui nous reste, à nous.

– Personne ne peut vivre avec des questions sans réponses, Mère. Moi aussi, j'ai besoin de réponses, comme tout le monde.

– Les réponses peuvent créer plus de soucis qu'autre chose, crois-moi. Comme si on en avait pas déjà assez comme ça ! C'est quelquefois mieux de ne pas poser de questions.

– Non, Mère, ai-je insisté. Ce n'est jamais mieux de se voiler la face.

– C'est ça qu'elle t'a appris, ta psychiatre ?

– Non. Je l'ai appris toute seule. Si j'avais posé des questions et si tu avais…

– D'accord, d'accord, m'a-t-elle interrompue. Finissons-en. Quelle question ?

Voyant que j'hésitais encore, elle a détourné la tête, comme pour me faciliter les choses.

– Pourquoi m'avez-vous adoptée ?

– Comment ? s'est-elle écriée, en se retournant vivement vers moi. Qu'est-ce que c'est que cette question idiote ?

– Ce n'est pas une question idiote, Mère. Est-ce que c'est parce que tu avais déjà perdu un enfant et que tu ne voulais pas essayer d'en avoir un autre par peur d'une trop grande déception, ou pour des raisons de santé, peut-être ?

– Qui t'a dit que j'avais perdu un enfant ?

– Papa.

– Encore un de ses mensonges éhontés ! Il cherchait juste à t'apitoyer sur son sort et à me rendre responsable de tout ce qui n'allait pas dans cette maison, un point c'est tout.

– Ce n'était pas vrai ?

– Non.

– Je l'ai cru. Tu t'es toujours donné beaucoup de mal pour jouer au mieux ton rôle de mère, mais j'ai toujours senti que ça te demandait beaucoup d'efforts. Je suis désolée de te dire ça, mais on ne peut pas vraiment dire que tu aies jamais eu la fibre maternelle.

– Des reproches, j'en étais sûre !

– Je ne te fais pas de reproches. Je te demande seulement d'être honnête avec moi. J'ai besoin de savoir. Je suis assez grande pour ça, maintenant. J'ai grandi très vite, ajoutai-je. Beaucoup plus vite que je ne l'aurais voulu. Mais la vie ne m'a pas vraiment laissé le choix.

Elle m'a regardée et j'ai vu, brusquement, la douleur assombrir ses prunelles.

– Pourquoi faut-il toujours tout expliquer ?

– J'ai le droit de connaître la vérité sur ma naissance, Mère. Je ne m'en sortirai jamais, si tu refuses de m'aider. Ça pourrait te faire du bien à toi aussi, tu sais.

Elle m'a dévisagée sans mot dire, puis elle a tourné les yeux vers la fenêtre en recommençant à se balancer dans son fauteuil. J'ai cru que nous allions en rester là. Je me préparais déjà à remonter dans ma chambre, l'abandonnant à son silence buté, comme je l'avais fait de nombreuses fois déjà.

– Ma mère..., dit-elle soudain. Ma mère s'est retrouvée enceinte à quarante-quatre ans. Quand elle le lui a annoncé, mon père est tombé des nues.

Elle s'est de nouveau tournée vers moi.

J'avais peur de parler, peur de l'interrompre, peur qu'elle ne veuille pas aller plus loin.

– Peu de temps après, ton père entrait dans notre vie. Ça a toujours été un petit malin, ton père, toujours à l'affût d'une opportunité, toujours prêt à sauter sur la moindre occasion qui se présentait. Mon père n'était pas beaucoup mieux, dans son genre. Il l'a attiré dans sa toile, comme une araignée, lui donnant des sommes de plus en plus importantes à investir, un portefeuille de plus en plus lourd à gérer.

« Howard a demandé ma main et mon père... mon père est venu me voir pour me supplier quasi à genoux de l'épouser. Ma mère s'est absentée quelques mois — le temps de mener sa grossesse à terme, d'accoucher et de se reposer un peu —, puis Howard et moi t'avons adoptée.

Son débit s'était brusquement accéléré, comme si elle voulait se débarrasser de cette corvée au plus vite ou, peut-être, comme si elle craignait de ne pas avoir le courage d'aller jusqu'au bout.

– On peut dire que mon père nous a vendues à Howard, toi et moi, que nous faisions partie du marché : joli petit paquet enveloppé d'un beau papier cadeau stipulant que j'hériterais d'une jolie somme à ma majorité. Et ne va pas croire que ton père se soit privé de me le rappeler quand cette sombre affaire a éclaté au grand jour, a-t-elle ajouté, les yeux flamboyants de rage. Il m'a même menacée de tout révéler au tribunal : ta naissance, notre mariage, le contrat tacite qu'il avait passé avec mon père... tout ! Du chantage pur et simple. Il savait bien que je l'aurais envoyé en prison à perpétuité, sinon.

– Alors, ma... ma grand-mère était en réalité ma... mère ? ai-je bredouillé, incrédule.

Elle fit brusquement volte-face.

– Tu voulais tout savoir ? Eh bien ! tu sais. Tu comprends, maintenant, pourquoi Dieu a dit à Adam et Ève de ne pas croquer dans la pomme de la Connaissance, hein ? Parfois, il vaut mieux rester dans l'ignorance.

Je la regardais fixement, paralysée de stupeur.

– Nous sommes... nous sommes sœurs ? C'est bien ça ? C'est bien ce que tu essaies de me dire ?

Elle a soupiré et s'est de nouveau tournée vers la fenêtre.

– Demi-sœurs. Sentant que la mort approchait, mon père a fini par m'avouer qu'il était convaincu de ne pas être ton père.

– Qui était mon père, alors ?

– Je ne sais pas, a-t-elle aussitôt répondu.

Un peu trop vite à mon goût.

Elle s'est retournée vers moi.

– Et alors, maintenant que tu sais tout ça, crois-tu vraiment que tu vas t'en porter mieux pour autant ? Qu'est-ce que tu vas en faire ? Qu'est-ce que ça te donne, Cathy ?

– Je ne sais pas. J'imagine que je vais mettre un certain temps à le digérer, lui ai-je dit, en déglutissant bruyamment, la gorgée nouée.

– Tu veux un conseil d'ami ? Oublie-le. Enfouis ça bien profondément. Enterre à jamais cette histoire. C'est ce que j'ai fait.

– Ah oui ? Tu es sûre ? Tu l'as enterrée ? Ce ne serait pas elle qui aurait fini par t'enterrer vivante, plutôt ?

Elle m'a dévisagée en silence. J'ai vu ses yeux se rétrécir jusqu'à n'être plus que deux fentes luisantes.

– Et alors ? Qu'est-ce tu vas faire, maintenant ? Tu vas me détester parce que je t'ai caché la vérité, c'est ça ?

– Je ne te déteste pas.

– Vas-tu toujours m'appeler « Mère » ?

– Je ne vois pas comment je pourrais faire autrement.

Elle a hoché la tête, puis s'est détournée pour regarder une fois de plus par la fenêtre.

– Je suis fatiguée, Cathy, m'a-t-elle dit d'une voix lasse. Accorde-moi un peu de répit, tu veux ?

C'était presque une supplique.

– O.K., lui ai-je répondu, en me levant.

Et je l'ai laissée se balancer dans son fauteuil à bascule, les yeux perdus dans la nuit, plongée dans le marécage de ses sombres pensées.

Ses révélations ne m'avaient pas réconfortée, bien au contraire. En fait, je me sentais encore plus seule, encore plus

désorientée, plus perdue que jamais. Chaque jour, je semblais devoir me pencher davantage au-dessus de ce puits d'où était censée jaillir la vérité, mais les profondeurs m'en paraissaient insondables et la noirceur, détestable. *Qu'est-ce que j'ai encore à attendre de l'avenir, maintenant ?* me disais-je. *Quelle perspective pourrait bien être assez réjouissante pour me redonner le courage d'avancer ?*

Et puis j'ai pensé aux autres filles. Elles étaient comme moi : perdues, à la dérive, elles aussi.

Peut-être nous retrouverions-nous un jour ?

Peut-être pourrions-nous vraiment être amies ?

Est-ce que ce serait si aberrant que cela ?

Non, s'est écriée la petite fille en moi. *Ce serait merveilleux !*

Ce serait comme des fleurs sauvages trouvant enfin le chemin de leur propre jardin.

Aubin Imprimeur
LIGUGÉ, POITIERS

Achevé d'imprimer en janvier 2004
pour le compte de France Loisirs
123, bd de Grenelle, 75015 Paris
N° d'édition 39800 / N° d'impression L 66229
Dépôt légal, novembre 2003
Imprimé en France